illustration AKAZA SAMAMIYA

銀狼は桂珠の首筋や腹に鼻先を寄せると、しきりと匂いを嗅いできた。
そんな銀狼からも、とてもいい匂いがして、芳しいそれを胸に深く吸い込むと
頭の芯までうっとりするほど心地よくなる。

銀狼王子の許嫁

〜あなたに恋する満月の夜〜

The fiance of silver wolf's prince

真先ゆみ

YUMI MASAKI presents

KAIOHSHA ガッシュ文庫

イラスト★サマミヤアカザ

CONTENTS

★本作品の内容はすべてフィクションです。
実在の人物・地名・団体・事件などとは一切関係ありません。

銀狼王子の許嫁

～あなたに恋する満月の夜～

隠し撮りであることがわかる、斜《なな》め横を向いた青年の上半身の画像が、液晶のディスプレイに映しだされている。

上品な灰色のブレザーに、白いカッターシャツと臙脂《えんじ》色のネクタイという服装は、彼が通う学園の制服だと報告を受けている。

ふわりと微笑《ほほえ》んだその端整な顔立ちは、きめ細かな白い肌や、甘い印象の大きな瞳のせいもあって、あまり男臭さを感じさせない。生まれは日本のはずだが、西洋人の血もひいているため、金茶色の髪も含めて全体的に色素が淡く、柔らかな雰囲気をまとっていた。

「セリオス様、そろそろお時間です」

控えめに声をかけられて、セリオスは眺めていたディスプレイから、その深い紫紺《しこん》色の瞳を上げる。

部屋のドアの前では、姿勢よく背筋を伸ばした黒いスーツ姿の男が、複雑そうな表情を浮かべていた。

「……本当に行かれるのですか？」

幼い頃から影のように傍《そば》に仕えてくれている彼が、今回の渡航を快く思っていないのは知っている。理由はわかっているし、その気持ちも理解できる。

だがセリオスは、揺るがぬ意思をもってスーツの男と向き合った。

「俺が行かなければ、なにも始まらないだろう」

「ですが、なにもセリオス様が自らお迎えに行かなくとも……」

「俺の伴侶《はんりょ》だ」

「でも男です。遠い異国で育ち、なにもご存じでなく、世継ぎも望めない相手です」

硬い口調には、あきらかに非難する響きがある。

セリオスは鷹揚《おうよう》に頷《うなず》いて、持っていたタブレットを傍《かたわ》らのテーブルに置いた。

「そうだ。だが、それでも神託で選ばれたうちのひとりだ。選ばれたからには必ず理由がある。一族の次世代を担う者として、彼を蔑《ないがし》ろにすることはできない」

これは自分が果たすべき義務なのだと伝えると、スーツの男は、諦めたようなため息をついた。

「……承知しました。では、私もお供いたします。セリオス様をおひとりで行かせるわけにはいきません」

そして表情を引き締め、深々と会釈《えしゃく》をする。

「好きにしろ」

セリオスは視線をディスプレイに戻した。

柔らかな微笑みをもう一度眺めながら、彼はどんな声で笑うのだろうと想像する。

それもすぐにわかることだ。

「行くぞ」

スーツの男がタブレットを丁寧に荷物にしまうのを見届けて、セリオスは旅立つために歩きだした。


中天にかかる満月が、蒼白い光を放つ夜。

学生寮の自室を抜け出した月待桂珠《つきまちけいじゅ》は、寮の裏手に広がる雑木林のなかを歩いていた。

二学期が始まったばかりで、季節はまだ初秋だが、肌にあたる夜風はすでにひんやりとしている。

けれども桂珠は冷えなど少しも気にならない様子で歩みを速め、木立があけた場所にひっそりと建つ小さな東屋《あずまや》へとたどり着いた。

立ち止まって顔を上げ、雲なく澄んだ星空を仰ぐ。

輝く月の光を全身に浴びると、身体の奥がざわざわと騒ぎはじめる。

目には見えない縛《いまし》めを解くようなイメージで、桂珠は己の中のざわつく感覚を自由に解き放ってみた。

そのまま待つこと数分。桂珠の頭には獣のような尖《とが》った耳が、腰のあたりにはふさふさした毛におおわれた尻尾《しっぽ》があるが、それ以上の変化はなにも起こらなかった。

「……やっぱりだめか」

今夜もまた完全な狼《おおかみ》の姿にはなれなくて、桂珠は気を落とす。

ため息をつきながら草地の上に腰を下ろすと、手足を投げだすように寝転がった。

濃密な満月の光を全身に受けとめて、その心地よさにうっとりと目を閉じる。

どこからか聞こえてくる獣《けもの》の遠吠《とおぼ》えは、桂珠と同じく今宵《こよい》の月の美しさに誘われ、本能を解き放つ喜びを歌っていた。

ここは錦古里《にしこり》学園。都心から少し離れた山奥にある、古めかしい石造りの門をくぐった先に広がる全寮制の共学校だ。

歴史のある名門校として知られ、広大な敷地には、中高それぞれの学び舎や学園施設がふんだんに整っているが、生徒数は全校合わせて千人にも満たない。

その理由は、学園へ入学するための明確な条件があるからだった。

『錦古里へ集う者は、須《すべか》らく獣人であるべし』

人形《ひとがた》から獣の姿に変化し、なおかつ特殊な能力を有する者たちは、自らを『獣人《じゅうじん》』と呼ぶ。それは同じ姿形で人間社会に溶け込んでいても、本質は人間とは異なる存在。

条件のとおりに学園の生徒および関係者は、すべて獣人なのだった。

石造りの門は境目で、人間界と『異界』をつないでいる。

すぐ隣にありながら、人間はけっして立ち入れない領域。

隠され守られたこの場所で、獣人の子供たちは、人間に混じって生きていくために必要な知識や所作を学んでいるのだった。

ふさふさの金茶色の尻尾をゆらりと動かしながら月を見上げる桂珠は、月齢に影響を受ける天狼《てんろう》族の血を引いている。

記憶のなかの桂珠の父親は、堂々たる体躯《たいく》の灰褐色《はいかっしょく》の狼に変化したものだが、桂珠はいまだに耳と尻尾が変わるだけだ。

三歳のときに初めて半変化を経験して、自分の身体に流れる血の秘密について教えられ

た。いつかは自分も完全な狼の姿になれるのだと、待ち遠しい気持ちでその夜を待ってい
るが、高校生になったいまでも中途半端な変化しかできないままだ。

まだ身体が未成熟なのか、それともハーフであることが妨げになっているのか。

いまも両親が生きていたら、きっとがっかりしただろう。知らないままで早くに儚《はかな》く
なったのは不幸中の幸いだったかもしれないと、桂珠は皮肉に思った。

両親のことを思い出すと、ふたりはきまって笑顔だ。

子供の目から見ても、本当に仲のいい夫婦だった。母親はごく普通の人間で、獣人では
なかったけれど、父親は常に一途な愛情を注いでいたのを覚えている。

愛情深い天狼族の男そのものだった父親は、桂珠にとって憧《あこが》れであり、目標だ。

「……早く会いたいなあ」

小さな呟きが、淡く色づいた唇からこぼれて夜に消えた。

早く自分も出会いたい。本能が震えるほど求め合うという、運命の相手に。

そして生涯でただ一度の恋をするのだ。

耳と尻尾だけ半変化する中途半端な狼だけど、運命の相手は必ずいるのだと信じたい。

いや、信じている。

願わくば優しい人であってほしい。心の温かい、大らかな人だと嬉しい。

月光の心地よさに目を閉じて、うとうと微睡《まどろ》んでいると、ふいに意識の端《はし》に誰かの気配を捕らえた。

この東屋の周辺は、半変化しかできない姿をやたらと晒《さら》したくない桂珠が注意深く選んだ縄張りで、他に近づく者はいないはずだ。けれども草を踏む足音は確かにこちらに近づいて来て、桂珠は慌《あわ》てて上半身を起こした。

音のする方向を見極め、月光が照らす周囲にじっと目を凝《こ》らしていると……。

「……っ！」

東屋を取り巻く木立の陰から、大きな銀色の狼が姿を現した。

「……綺麗……」

こんなに美しい狼を見たのは初めてだと、桂珠は身を震わせながら息をのむ。

柔らかそうな毛先に細かな光の粒子がきらきらと輝いていて、まるで月の光をまとっているかのようだ。

日本古来の大神《おおかみ》族や、大陸に多い天狼族など、狼に変化する者は他に何人もいるが、銀色の体毛を持つ者の噂は聞いたことがない。

圧倒的な美しさと迫力に気圧され、無意識に身を竦《すく》ませていた桂珠は、銀狼の瞳に正面から見据えられたとたんに、くらりとめまいを感じた。

「え……っ？」

まるでからめ捕られたように視線が外せないまま、草の上に肘《ひじ》をついてふらつく身体を支える。

引力のように、感覚のすべてが銀狼へと向かっていく。

いったいなにが起こっているのか戸惑う間に、銀狼はすぐ傍へと近づいてきた。そして無造作にのばした前足で肩のあたりを押され、桂珠はあっけなく転がる。

「あ……っ」

見知らぬ獣が身体の上へ乗りあがってきて、桂珠は声を上げた。

両肩には銀狼の爪先《つまさき》がくい込んでいる。

鋭い牙を持つ獣の前に、急所である喉や腹をさらしているこの状況から、早く逃げなければと頭ではわかっているのに、なぜか指先すら動かせない。

夜闇のなかでも金色に煌《きら》めく双眸《そうぼう》に射竦められ、怖いという感覚すら麻痺《まひ》していく。

銀狼は桂珠の首筋や腹に鼻先を寄せると、しきりと匂いを嗅《か》いできた。そんな銀狼からも、とてもいい匂いがして、芳《かぐわ》しいそれを胸に深く吸い込むと、頭の芯《しん》までうっとりするほど心地よくなる。

ずっとこの匂いを嗅いでいたい。ずっとこの匂いに包まれていたいとさえ思う。

銀狼が動くたびに踏まれた肩が軋《きし》んで痛むが、もう桂珠はなすがままだった。

銀狼はなにかを確かめるように隅々まで匂いを嗅ぐと、今度は桂珠の狼の耳を甘嚙《あまが》みしはじめる。薄い肉に鋭い牙がくいこむ感覚に背筋がぶるりと震え、桂珠は身を捩《よじ》った。

耳や首筋を甘嚙みされ、鎖骨のあたりを舐《な》められるうちに、器用にシャツを爪先に引っかけて広げ、隙間から鼻先を突っ込んでくる。

素肌に直に触れられて、桂珠はさすがに動揺した。だがなにより危機感を覚えたのは、肌を丹念に舐める銀狼の舌を、心地いいと感じたことだ。

今夜初めて会った相手に、こんなことを許していいはずがないのに。

どうにか抵抗しなければと思うけれど、身体に全く力が入らず、はだけたシャツから無防備な肌をさらし続ける。

「や…っ」

銀狼の鼻先が次第にへそから下へと降りていって、桂珠はぎゅっと目を閉じた。

その時、木立の枝から鳥が羽ばたく音がして、驚いた桂珠は、はっと我に返った。ぼんやりと揺れていた思考が鮮明になり、腕も自由に動くようになって、とっさに銀狼の巨体を押し返す。

「もう……やめ…っ」

多少めまいが残っているが、それでも必死にもがくと、銀狼は桂珠の上からのそりと下りた。そのまま闇にも輝く金色の瞳でじっと見つめてくる。

「……おまえは……」

いったい誰だと問おうとしたのに、銀狼は現れたときと同じく唐突に背を向け、林の奥へ戻って行ってしまった。

桂珠はその場に残されて、ひとりきりになる。

「……なんだったんだ……」

動揺がなかなか治まらない。

甘噛みされた耳が、まだ痺《しび》れている。

肌のあちこちに熱い舌の感触が残っていて、桂珠は震える身体を自分で抱きしめた。

翌日の昼休み。桂珠は疲れた気分で医務室のドアを開けた。

「大牙《たいが》さん、いる？」

呼びかけながら室内へ入ると、壁際のスチールデスクに向かっていた男が、読んでいた書類から目を上げて振り返る。

男の頭には灰褐色の狼の耳がついていた。白衣に隠れて見えないが、腰のあたりには同じ色の尻尾もある。

異界の環境が作用して、学園内では常に獣の耳と尻尾がでた半変化の状態になるのだ。

「桂珠か、どうした？」

桂珠の顔を見るなり破顔した大柄な男は、常勤の学校医である月待大牙。彼は桂珠の父方の叔父で、十年前に桂珠の両親が亡くなってからは、保護者として桂珠を可愛がってくれている、親のような兄のような大切な存在だ。

「ちょっとだけ寝かせて」

「なんだ、昨夜《ゆうべ》、はしゃぎすぎたのか？」

「そんなんじゃないよ」

散々だった昨夜の出来事を思い出して、桂珠は落ち着かない気分になった。

あれから部屋へ戻った桂珠は、始業時間までベッドに横になって休もうとしたのだが、高ぶった気分がおさまらずにまったく眠れなかったのだ。

初対面の狼に半変化しかできない姿を知られた憤りと、一方的に好きなようにされた恥ずかしさがいまでも消えない。

誰かと目が合っただけであんな状態になったのも、簡単に素肌を晒したのも、触れさせたのも初めてだった。

いくら満月の夜で野生化していたとはいえ、相手の意思を確認しないで、あんな親密な睦み合いのような行為はルール違反だろう。

せめて自分も同じ狼に変化できていれば、易々と押さえ込まれたりしなかったのにと、考えるだけで悔しさがわいてくる。

「まあいい、そこのベッドを使え」

「ありがとう」

桂珠は礼を言うと、清潔な匂いのする白いカーテンで仕切られた、一番手前にあるベッドに寝転がった。

目を閉じようとすると、なぜか一緒に入ってきた大牙が、内側からカーテンを閉めてベッドの端に腰を下ろす。大きな手のひらに頭や耳を撫でられて、桂珠は目を開けた。

「大牙さん。オレは眠いの」

「いいから、久しぶりに可愛がらせろよ」

「ヤダ。大牙さんの触り方、なんだか最近セクハラっぽいんだもの」

「そりゃあ、こんなにおいしそうに育ったらなあ」

大牙はおどけて言うけれど、髪や首筋を撫《な》でる手つきはとても優しい。

力強い手のひらがくれる安心感に眠気を誘われ、枕に頬《ほほ》をうずめたが、大牙の声に引き戻された。

「桂珠、恋人にしたいような、いい子は見つかったか？」

昨夜は誰かと一緒に過ごしたせいで寝不足なのだろうとからかわれる。

「……知ってるくせに」

桂珠は返事をしながら唸《うな》った。

中等部の頃からつき合いのある女の子たちはもちろん、半年前に高等部に上がって新たな出会いはいくつもあったが、これといって本能が騒ぐようなことはなく、親しくなれたのは男ばかりだ。

運命の相手には、そう簡単に出会えない。

特に獣人は、自分にとって最良の相手を本能で選ぶ生き物だ。それは言いかえれば、本能のレベルで惹《ひ》かれた相手でないと、本気の恋にはならないということだ。

しかも人間と比べて圧倒的に数が少ない獣人にとって、伴侶になれる存在と出会うのは至難の業だ。

年頃の獣人たちが集うこの学園が、伴侶探しの場も兼ねていることは、昔からの暗黙の了解だった。

「オレはハーフってだけでハードル高いんだから、そう簡単にはいかないよ」

本能の声に忠実な生き物でありながら、一方では純血を尊ぶ意識が根強い種族でもある。とくに名家・旧家といった家格の高い者ほど、一家の繁栄のためによりよい血脈と縁づきたがる傾向がある。

本能か血脈か。正式な婚姻《こんいん》ともなると、矛盾は常につきまとっていた。

思いつめた顔をする桂珠の頭を、大牙の大きな手がわざと乱暴に揺すった。

「焦《あせ》ることはない。もし嫁《よめ》が見つからなくても、俺がおまえの面倒をみてやるからな」

「そんなの無理だよ」

桂珠は慌てて頭を起こした。

「どうしてだ。ずっとおまえの傍にいて、いままでと変わらずに可愛がってやるぞ」

「大牙さん……」

それは悪い話でもない。

最良の相手と出会うことすら難しい獣人にとって、ただ楽しむための恋愛であれば、相手が同性である禁忌は少ない。繁殖に拘《こだわ》らなければ、生涯をかけて添い遂げられるだけの相手かどうか、相性のよさの方がよほど重要だという認識だからだ。

「でも、やっぱりダメ。大牙さん、恋人がいるでしょう」

ときおり大牙は、桂珠の知らない匂いを身にまとっていることがある。その移り香はさわやかでいながらとても雅で、凛《りん》とした大人を連想させるものだ。

「まさか。俺はフリーだぞ」

「うそつき」

悪びれずに嘘がつけるその態度に、これだから大人ってずるいと思ってしまう。

桂珠はいつも子ども扱いされ、一方的に可愛がられるばかりだ。

それでも桂珠はこの叔父と過ごす時間が好きだった。反抗的な態度がとれるのも、大牙は自分を見捨てることはないと、絶対的な信頼感があるからだ。それは幼いころから培われてきた、ふたりの絆《きずな》だった。

「……ん？　おい、桂珠」

不意に、大牙が真顔で桂珠を見おろす。

「……なに？」

「おまえ、なんでそんなにいい匂いをさせてるんだ」

「匂い？」

「頭の芯が痺れるような、甘く艶《なま》めかしい匂い。まさか……本当に、昨夜なにかあったんじゃないだろうな」

首筋に鼻先がつきそうなほど近くで匂いを嗅がれ、桂珠は慌てた。

昨夜の銀狼との出来事を思い出して、かっと体温が上がる。

「なっ、なんにもないよ。大牙さんの気のせいだろ」

「そんなわけあるか」

匂いに敏感な獣人に起こる特徴として、恋をすると体臭が強くなったり変化したりすることがある。それは花が受粉してくれる虫を誘うかのように、周囲を強く引きつけるいい匂いを発するのだそうだ。

だが匂いの感じ方には個人差があり、好みもあるが、相性の良さが関係しているとも言われていた。

めずらしく真剣な様子で制服の襟《えり》を大きく開かれ、喉元《のどもと》や鎖骨のあたりを執拗《しつよう》に嗅がれて、桂珠はくすぐったさに身を捩《よじ》る。

「ちょっと、なにするんだよっ」

覆いかぶさる大牙の胸に腕ついて抵抗していると、医務室のドアが開く音がした。

「失礼します。月待はいますか?」

「邪魔が入ったか」

残念そうに唸りながら身体を起こした大牙が、呼ばれた声に向かって応えた。

「いるぞ。こっちだ」

すると靴音が近づいてきて、控えめにカーテンが開かれる。

「月待、具合は……」

桂珠のクラスメイトの黒刀夜行《くろとやこう》が、ベッドに横たわる親友と、すぐ脇に座っている大牙を交互に見て、はっきりとはわからない程度に顔をしかめた。

くせのある漆黒《しっこく》の髪と黒い瞳。同じ色の丸みを帯びた耳と、しなやかな鞭《むち》のような尻尾は豹《ひょう》のものだ。

ネコ科特有のなめらかな立ち振る舞いに、品の良さすら感じさせるこの男は、桂珠と一番親しい友人だった。

「黒刀か。お迎えご苦労さん。こいつが毎度世話をかけるな」

桂珠を見下ろした大牙の指が、寝乱れた髪を優しく直してくれる。

「……いえ。好きでやっていることですから」

「ほら起きろ。そろそろ午後の授業が始まるぞ」

「……はーい」

もっと寝ていたかったが、桂珠は仕方なくだるい身体を起こした。

「あーもうっ、大牙さんが話しかけるから寝そびれたじゃないか」

文句に合わせて、桂珠の金茶色の尻尾がシーツの上をぱたぱたと叩《たた》く。

「悪かったな」

少しも悪いと思っていないだろう大牙が立ち上がると、医務室のスピーカーから予鈴のチャイムが鳴り響いた。

「あと五分だ。早く教室に戻れよ」

保護者から学校医の顔に戻った大牙に促されて、桂珠はしぶしぶベッドを降りた。

「じゃあ、またね」

「おう、しっかり勉強してこい」

見送られて医務室をあとにし、教室のある東棟へ向かう。

桂珠より頭ひとつぶんほど背が高い黒刀と並んで歩いていると、

「月待、ちょっといいか?」

中央棟と東棟をつなぐ渡り廊下の途中で呼び止められた。

「なに?」

「話がある。少し時間をくれないか」

そう言って黒刀は、中庭のほうを指し示す。

「……いいけど」

わざわざ予鈴前に迎えに来たくせに、授業はかまわないのかと不思議に思ったが、桂珠は親友の頼みならばと、中庭へ降りる黒刀のあとに続いた。

黒刀は見事に手入れされた花壇の脇を通って、校舎から離れていく。

次第に周囲に背の高い樹木が増え、校舎からは見つかりにくそうな場所まできて、ようやく歩みが止まった。

振り返った黒刀の表情は、やけに緊張しているように見える。

今朝《けさ》はなにも変わった様子はなかったので、不思議に思い、

「あらたまって、どうしたの？」

訊《たず》ねると、いきなり両肩を勢いよくつかまれた。

「月待が好きだ！　どうか俺の伴侶になってくれ」

「……えっ……？」

思いがけない言葉に、桂珠は目を丸くした。

「突然で驚かせてすまない。だが俺は……帰省して月待と離れていた夏休みの間、ずっとおまえのことばかり考えていた。会いたくて、声が聞きたくて、たまらなくて……わかったんだ。俺がどんなに月待のことが好きなのかってことに」

黒刀の瞳が切なげに細められ、つられて胸の奥が震える。

「俺は黒豹族《くろひょう》で、おまえは天狼族。種族も違うし雄同士だが、俺の本能はおまえを選んだ。おまえとずっと一緒にいたい。ずっと傍にいてほしい。だから俺と番《つが》いになれるかどうか、確かめてみてくれないか？」

「……黒刀……」

ずっと親友だと思っていた男からの、それは真剣な求愛だった。

高等部へ上がる際に編入してきた黒刀は、いまでは親友と呼べるほど仲のいい友人だ。学園を卒業したあとも変わらず親交を続けたいと願うほど、確かな好意を持っている。けれども伴侶候補として見たことは、いままで一度もなかった。

「オレは……」

桂珠はあらためて黒刀のことを考えてみた。

頼れるところや優しい性格は好きだし、好意を向けられて素直に嬉しい。前向きに交際から始めることはできるかもしれないが、その先、黒刀と同じ気持ちになる日がくるかどうかはわからない。

わからないのに可能性で答えるのは、余計な期待をさせることになるだろうか。いっそ断ってしまったほうが誠実かもしれない。黒刀と出会って半年が過ぎたが、胸がときめくような特別な想いは感じていないし、本能が騒いだこともないと言えば、充分な理由になる。

だが断れば、大切な友人まで失くしてしまうのかもしれない。

桂珠は迷った。とりあえず考える時間を貰《もら》うべきか。それとも、いまの自分の気持ちを正直に伝えるべきか。

答えがだせない桂珠の態度をどう受け取ったのか、黒刀の表情が曇った。

「すまない。困らせるつもりはなかった。ただ……このまま友人でいたら、いまに誰かに取られてしまいそうな気がして嫌だったんだ」

黒刀の切実な覚悟が伝わってくる。

「余裕のない、情けないヤツだと思ってくれていい。でも少しでも可能性があるのなら、俺との相性を確かめてみてほしい。今夜……おまえの部屋へ行ってもいいか？」

黒刀は真剣なまなざしで言った。

互いの相性を確かめるということは、とても親密な意味を含んでいる。

「それは……」

いっきに進んでいく展開に、さすがに抵抗を感じた桂珠は、黒刀を傷つけないような断りの言葉を探した。すると……。

「その必要はない」

言葉が見つかる前に、別の男の声がふたりの間に割り込んできた。

「……っ!?」

黒刀は素早く背後を向き、割り込んできた男の姿を視界に捉えると臨戦態勢をとった。

「……誰だ」

邪魔をされた不愉快さに、喉から低く唸る。

いつの間にそこまで接近していたのか、見慣れない男が木立の間に立っていた。

背が高く、モデルのように均整のとれた見事な体格。

ゆるいくせのあるプラチナブロンドの髪が、陽《ひ》に透けて淡く輝いている。

異国を感じさせる肌は雪のように白く、端正な容貌《ようぼう》は見惚《みほ》れるほど美しいが、鋭く細めた紫紺色の瞳が、その印象を固くひきしめている。

この場にいるということは獣人のはずだが、獣の耳と尻尾が出ていないのは、意思の力で半変化を抑えているからだろう。

それだけでこの男がかなりの能力を秘めているのだとわかる。

立ち姿は特に構えた様子もなく自然体だが、全身から強い気配を発していた。

見慣れぬ男は黒刀には目もくれず、紫紺の瞳で桂珠をじっと見つめながら言った。

「俺の名は、セリオス・ナハトヴィーゼ。あなたの夫になる男だ」

「……えっ……？」

あまりにもさらりと言われたせいか、桂珠は意味がよくつかめずにあっけにとられた。

セリオスと名乗った、その外見どおり異国から来たらしい男は、自分のことを夫になる男だと言った。

だがどんなに記憶のなかを探っても、彼とは初対面のはずだし、なにか約束をした覚えも一切ない。

セリオスが、ゆっくりとした足取りで近づいてくる。

自然にのばされた手に左手を取られ、そうと意識したときには、そのままセリオスの胸へ引き寄せられていた。

「えっ、な……っ⁉」

抗《あらが》いもせず、なすがままになっている自分に驚く。

「そこの黒豹、彼がおまえの気持ちに応える日は永久に来ない。諦めろ」

「なん……だと！」

セリオスの乱入からいままで、その迫力にのまれぬよう構えたままだった黒刀が、慌てて桂珠を取り戻そうと手をのばす。

「いきなり話に割り込んできて、ふざけたことを言うな！」

獣の本性を出して唸る黒刀から守るように、セリオスの腕に包まれた瞬間、どこかで嗅いだ覚えのある匂いがふわりと鼻腔《びこう》をくすぐった。その甘く芳しい匂いに、昨夜の銀狼の姿を思い出す。

月光をうけて輝いていた銀狼と、セリオスのプラチナブロンドが、桂珠の頭のなかで重なる。

「もしかして、昨夜の……？」

まさかと思いながら見上げると、セリオスは秘密めいた笑みを浮かべた。

「昨夜はちゃんと挨拶できなく失礼した」

「……っ！」

銀狼にのっかられた昨夜のことを鮮明に思い出して、桂珠の頬が勝手に赤くなる。

「どういうことだっ」

慌てた黒刀をまた無視して、セリオスは握っていた桂珠の手を持ち上げると、その指先にキスをした。

「あなたを迎えに来た。俺と一緒に来てくれるな？」

「ちょっと待って。いきなりそんなことを言われても……わけがわからないのに、頷けるはずがないだろっ」

ようやく桂珠が抵抗を始めると、セリオスは訝《いぶか》しげな表情を浮かべた。

「いきなりとは心外だ。すでに承知していることだろう」

「知らないよ！　いったいなんの話？」

「知らない……だと？」

「初耳だよ！」

勢いよく首を縦に振ると、セリオスは失望のため息をついた。

「……では、話の続きは明日まで待ってやる。身内の者に確認してみろ。たしかあなたの養い親は叔父だったな」

「なんでそんなことまで知ってるんだよ！」

個人情報も握っているこの男は、いったい何者だろう。

「月待桂珠。俺には、あなたが必要なのだ」

指にもう一度キスをされながらのささやきに、桂珠はうろたえる。

「……だから、なんのことだかわからないって……」

「明日、返事を聞きにくる」

セリオスはそう言うと、握っていた手をそっと離して、校舎とは反対の雑木林の奥へと歩いて行った。

受けた驚きや戸惑いが大きくて、うまく事情が整理できないでいた桂珠だが、午後の授業を受けるよりも大事な用件ができたことだけはわかっていた。


翌朝の教室は、やけに騒がしかった。

時期はずれの転入生の情報が飛び込んできたことで、特に女子が色めき立っている。

すでに本人の姿を見たという者の話では、見目形の優れた男なうえに、かなりの名家の出身らしい。条件のいい相手の登場に、もり上がる気持ちはよくわかる。

だが桂珠は自分の腕を枕にして机に突っ伏すと、眠い目を閉じた。昨夜遅くまで大牙と話し込んでいたので寝不足なのだ。

昨日はあれからすぐに医務室へ戻ったのに、大牙は所用で外出しており、話ができたのは夜になってからだった。

寮の自室のベッドに腰かけ、携帯電話での会話だったが、桂珠は前置きもなしに大牙を問いただした。

『セリオスって男が現れたけど、なにか知ってる？』

迎えに来た、詳しい事情は身内に確認しろと言われたことも、そのまま伝えると、

『そんな話は初耳だぞ』

大牙も覚えがないそうで、首を傾《かし》げていた。ただ……。

『……ナハトヴィーゼか』

『なにか、心当たりがある？』

『あると言えば、あるな』

『どういうこと？』

桂珠が問いかけると、大牙は迷うような間のあと、昔話を始めた。

『おまえの祖父《じい》さんが、北欧《ほくおう》出身の天狼族だということは知っているな？』

『うん。ずっと小さいころに、父さんから聞いたことがある』

純血の天狼だった桂珠の祖父は、とにかく自由奔放《ほんぽう》な性格で、世界中を旅するのが趣味だという豪快な男だった。海を渡って訪れた日本を旅する途中で、大神族の娘である祖母と運命の出会いをはたし、本能のままに恋におち、この地に住み着いたのだそうだ。

息子たちの容姿には、西洋の特徴が混じっており、それは孫にも受け継がれていた。

だが祖父は、息子夫婦が亡くなったあと、残された桂珠を大牙に託して再び旅立ってしまった。もう何年も連絡がなく、消息も不明だ。

『月待は、祖母《ばあ》さんの家の名だ。祖父さんの元の名字がナハトヴィーゼだった』

『それじゃあ……』

『ああ。おそらくそのセリオスという男は、祖父さんの生家の関係者だろう。たしかナハトヴィーゼは祖父さんの弟が当主を継いだはずだが、もう代替わりしているかもしれない。北欧を拠点とする天狼族を束ねる古い名家で、獣人界でも大きな勢力を誇っていると聞く』

『セリオスは、遠い親戚ってことになるのか』

『そうなるな。やつが変化した姿を見たか？』

『うん。綺麗な銀色の狼だった』

『祖父さんと同じだな。ならばそいつは、きっと本家の直系に間違いない。やつの正体は天狼族のプリンスってことだ』

『直系の……プリンス……？』

その厄介な響きに、桂珠はため息をこぼした。

只者《ただもの》ではなさそうだと薄々感じていたが、まさか名門一族の王子様だったとは。

だからあんなに上からものを言うような態度だったのかと、やけに納得した。

『やつは、おまえを迎えに来たと言ったんだな？』

『うん。俺はあなたの夫になる男で、オレのことが必要だって言われた』

『夫だと!?』

『やっぱり驚くよね。いきなり夫とか、なに考えてんだよって感じだよ』

『……いったいなにが目的だ……？』

そう呟《つぶや》いてしばらく考え込んでいた大牙は、ふいに思い出したと言って、声のトーンを上げた。

『そういえば、祖父さんが旅にでる直前になにか言ってたな。桂珠が年頃になったら、早めに釣合いのとれた相手と縁付かせてやれと。そのときは、早く新しい家族を持たせてやれって意味だと受け取ったが……いま考えると、別の含みがあったのかもしれない』

『どういうこと？』

『いや、今回の件とは関係ないかもしれない。だが調べてみるか。祖父さんのことと、ナハトヴィーゼのことで、なにかわかったら報せる。それまで桂珠はセリオスに深入りしないで、なにを言われても、のらりくらりと躱《かわ》していろ。いいな？』

『うん、わかった。ありがとう大牙さん。それじゃあ……』

ある程度の結論にたどりついたので、そろそろ話を切り上げようとすると、大牙に引きとめられた。

『そうだ、ひとつ大事なことを言い忘れていた』

『なに？』

『もしもおまえが、少しでもセリオスに好意を感じているのなら、前向きに考えてかまわないぞ。俺は反対しないからな』

そう言われて、桂珠の脳裏に、月光をまとった銀狼の姿がよみがえった。ほんの一瞬で桂珠の視線と意識を奪った、圧倒的な迫力と存在感を持つ美しい銀色の狼。

『好意って、別に……そんなことないよっ』

確かに見惚れはしたが、それで好きになったというわけではないし、あの銀狼はセリオスなのに、別物のような気がするくらいだ。

『桂珠』

『なに？』

『我が家は、天狼を選んだときから、祖母さんの実家の大神族とは疎遠になっている。祖父さんは行方不明で、家族はオレとおまえだけだ。どうしても残さなければならない家ってわけでもないからな。おまえの恋は、おまえが自分で選んで決めていいんだってことだけは、覚えておいてくれ』

それがどんな相手だろうと、本能が惹かれてしまったら、抗いようがなく恋におちる。

いつかの叔父が教えてくれた言葉だ。

桂珠はそれを、胸のなかに大事にしまっていた。

『うん。わかってるって。大牙さん、オレね、父さんたちみたいな夫婦に憧れてるんだ』

天狼族は、男も女も総じて愛情深いと言われている。伴侶に選んだ相手を末永く愛し、なによりも慈しむのだと。

母親は人間だったけれど、種族の違いを超えるほど強い愛情で結ばれていたふたりは、いつも互いのことを一途に想い、子供の目から見てもそれは幸せそうだった。

幼いころの思い出なので、時間の経過とともに美化された部分もあるだろうが、ふたりのような夫婦が桂珠の理想なのだ。

『本能が騒ぐって、オレにはまだよくわからない感覚だけど、でも絶対に運命の相手と結ばれてみせるから』

『……そうか』

『それより、大牙さんはどうなんだよ。本当はいるんでしょう?』

普段から気になっていたことを訊ねてみたけれど、いつの間にか話をうまく逸《そ》らされ、もう遅いからとおやすみを言われた。

昨夜の会話を思い出しているうちにやってきた睡魔に身を委ね、うとうと微睡んでいると、誰かに肩を揺すられる。

「月待、先生が来たぞ」

教えてくれたのは黒刀だった。

朝のホームルームが始まり、クラス担任に連れられて転入生が教室に入ってくるなり、桂珠は絶句した。

「…………っ！」

「あいつが転入生だと……」

右斜め後ろの席にいる黒刀も、剣呑《けんのん》さを隠さずに唸る。

まさかセリオスがクラスメイトとして現れるとは思ってもみなかった。

学園の制服に身を包み、銀色の耳と尻尾をだしているセリオスは、教室内を見渡して桂珠を見つけると、ひたりと目線を合わせてきた。

桂珠はとっさに目をそらしたが、力のある視線はいつまでも離れない。居心地の悪さを感じていると、右隣の席からは、感心したようなささやきが聞こえてきた。

「あの転入生は月待の知り合いか？　これはまた、見応えのある男だな」

焦げ茶色の丸い耳が可愛らしい彼女は、刑部狸《ぎょうぶだぬき》の三國小梅《みくにこうめ》だ。小柄で愛らしい容姿をしているのに、話し方がざっくりしているのは、男兄弟に囲まれて育ったせいらしい。

三國はなるべく女らしくしようと改善を試みているそうだが、桂珠はそのままのほうが親しみやすくて好きだ。さっぱりとした性格も気に入っていて、気兼ねなくつき合える数少ない女友達だった。

担任がセリオスのことを、北欧の名家の出身だと紹介すると、端整な外見に見惚れていた女生徒たちがいっせいに感嘆のため息をこぼした。

だがセリオスは、愛想笑いを浮かべることもなく毅然《きぜん》としている。

「月待」

担任に名前を呼ばれて、嫌な予感がした。

「転入生が学園に慣れるまで、補佐役を頼む」

「オレがですか?」

「同族だし、おまえたちは親戚だそうだな」

「それは……そうですが」

親戚らしいと知ったのは昨夜のことだ。それ以前は一度も親交がないし、なにより深入りしないように言われたばかりだ。

「頼むぞ、月待」

だが桂珠の戸惑いは軽く流され、補佐しやすいようにと、席も隣に決まってしまう。

机に荷物を置いたセリオスが、桂珠を見下ろした。

「よろしく、桂珠」

「……っ」

親しげに名前で呼ばれても、素直に挨拶できないでいると、セリオスは教室に入ってから初めて口元に笑みをうかべた。

「じゃあ、次の伝達事項にいくぞ。来週の行事について説明する。すでにデータを送ってあるので、もう知ってると思うが……」

担任の話は、近々催される校内行事の日程とその説明に移る。詳細はすでに個人の携帯情報端末に配信されているので、よく読んでおくようにと伝えられたところでホームルームが終わった。

「月待」

担任が教室を出て行くと、室内の空気がいっきに緩み、賑《にぎ》やかな話し声が広がる。

席を立った三國が声をかけてきた。

「補佐役、私も手伝うよ。なんでも遠慮なく言ってくれ」

笑って首を傾げるのにつられて、綺麗に結われた焦げ茶色のツインテールが揺れる。

「ありがとう、三國。助かるよ」

「というわけで、私は月待の友人の三國小梅だ。一限目は科学の実習なので、北棟へ移動だぞ。テキストはもう揃っているのか？」

三國がてきぱきと説明すると、セリオスはカバンから真新しいテキストを取りだした。

人間社会に溶け込むための知識と所作を身につけることが目的であるこの学園では、一般教養に費やす時間も人間のと変わらずに多い。

それに加えて芸術系や文化系の実習と、個々の能力を制御し高めるための実技演習まで、授業内容は多岐にわたっている。

「それより桂珠、学園内を案内してくれ」

立ち上がったセリオスが、テキストを机に置いて言った。

「いまから？　もうすぐ一限目が始まるけど」

「あなたは俺の補佐役だ。そのくらいは融通がきくだろう」

「転入生の案内は、授業をさぼる理由にならないよ。昼休みか放課後まで待ってくれ」

マイペースなのは育ちのせいかと憤りながら答えると、意味深な笑みを返される。

「察しが悪いな。ふたりきりになりたいと言ってるんだ」

「な…っ！」

「なんだ、おまえたちは、そういう関係なのか?」

桂珠とセリオスの顔を交互に見上げながら、三國は男友達の色めいた関係に興味を示す。

「そうだ。俺は桂珠の夫になる男だ」

「セリオス!」

「ほほう」

「三國も、真に受けないで」

しれっと余計なことを言わないでほしい。変な噂が広まったら困るし、迷惑だ。

「そういうことなら、私が同行するとお邪魔だな。先に行っているぞ」

「待って三國、本当に誤解だから……」

引き止めているところへ、離れて成り行きを見ていたらしい黒刀が乱入してきた。

「転入生、おまえ昨日は勝手に学園内をうろついていただろう。いまさら誰かの案内が必要なのか?」

「……黒豹には関係ない」

冷たく返したセリオスと黒刀の間に、剣呑な雰囲気が漂う。

桂珠はその間に割って入り、セリオスの腕を引いた。

「授業に遅れるから、行くよ！　案内は今日の放課後に。嫌なら他のやつに頼め」

そう言うと、セリオスは渋々ながらテキストを手に立ち上がった。


その日の放課後。桂珠はセリオスを連れて北棟の廊下を歩いていた。

「ここが、第一音楽室。主に高等部の生徒が授業で使ってる」

がらりとドアを開けて室内を覗《のぞ》くが、階段状の広い教室には誰もいない。放課後は楽器の好きな者が個々に訪れて利用しているのだが、今日は暮れ始めた夕日が窓からさし込むなかに、黒いグランドピアノが静かに佇《たたず》んでいるだけだった。

「芸術の選択科目は、オレと同じ音楽だったな。わからないときは一緒に来れば……」

いいからと続けようとした桂珠は、ふと気づいて言葉を飲み込んだ。

自分から案内を望んだわりに、セリオスは学園内の施設にそれほど興味を示さない。校舎など、どこもそう変わらないから退屈になったのかとも思ったが、もしかすると……。

「……おまえ、たしか、特別編入だって言ったよね」

「ああ、そうだが」

聞けばセリオスは、母国で高校の単位はすべて習得し終えているそうだ。ここへ来たのはあくまでも経験を積むためで、学園生活や授業内容において、免除されることや優遇されることがいろいろとあるらしい。

「ちょっと、中に入って」

いぶかしげに眉を寄せたセリオスを、音楽室におし込んでドアを閉める。音楽室は防音が施されているので、他には聞かれたくない話をするのにちょうどいい。

「もしかして、偶然じゃないのか？　同じクラスになったのも、オレが補佐役に指名されたのも、選択科目が全部同じなのも」

正面から問いつめると、セリオスは桂珠の腰に腕をまわしながら顔を寄せてきた。

「当然だ。俺がここへ来た目的は、勉強じゃないからな」

「……っ！」

いきなり距離が近づいたせいで、セリオスの匂いをまともに嗅いでしまい、また頭がくらくらし始める。初めて銀狼と会ったときと同じ状態で、半変化のセリオスが相手でも、その匂に影響を受けるようだ。

どうして匂いだけでこんなふうになるのかわからないまま、至近距離で見上げたセリオスは、繊細なまつ毛の先まで淡い銀色で、とても綺麗だった。

うっとりと見惚れていたら、

「……あなたの瞳は、清く澄んだ泉のようだな。とても深くて……吸い込まれそうな心地になる」

呟きが耳に届いて、桂珠は、はっと我に返る。

また容易に触れさせてしまい、慌てて腰にまわされた腕から身を引いた。

「失礼した。つい手がのびてしまった」

あっさりと解放された桂珠は、ピアノの前の椅子に座らされ、セリオスは赤い夕日が照らす窓際へと移動した。

「昨日の話の続きだ。返事を聞かせてくれるか」

まっすぐに訊かれて、どうしようか迷う。大牙にはのらりくらりと躱せと言われたが、事情がわからないままでは対処のしようがない。

もともと気が長いほうではなく、まわりくどいことも苦手な桂珠は、知りたいことは聞けばいいのだと開き直った。

「返事もなにも、オレも保護者も、なんのことだか事情がまったくわからないんだ。最初からちゃんと説明してほしいんだけど」

「……話が伝わっていない？」

思ってもみないことだったのか、セリオスは訝しげに眉をひそめた。

「ないよ。もしかして、他の誰かと間違えてるんじゃないかな」

そうであったら面倒なことが片づくと思ったのだが、セリオスにとっては不愉快な言葉だったらしい。

「求婚する相手を間違えるようなバカではないぞ」

紫紺の瞳で鋭く睨まれて、桂珠は怯んだ。

「……ごめんなさい。ちゃかしたわけじゃないよ」

残念なことに、人違いというわけでもなかった。

「いや、連絡に不備があったようで、こちらこそすまなかった。では俺から事の次第を説明しよう」

そう言ってセリオスはグランドピアノの傍まで戻ってくると、軽く腰で寄りかかった。

「次の春がめぐりくるころ、俺は一族の新たな当主となることが決まっている。継承の儀を行うのと同時に伴侶を得るのだが、神託によって選ばれたその伴侶の名が、月待桂珠。あなただ」

「……オレ？」

「あなたは俺にとって必要で、他には変えられない人だ。どうか共に一族を守る力となってほしい」

とても大切な存在のように言われると不覚にも胸が騒いだが、説明には聞き流せない単語が含まれていた。

「ちょっと待って。おまえが当主になるのと、伴侶が必要なのはわかったけど、神託ってなに？　占いみたいなもの？」

訊ねると、セリオスは信じられないといった顔で呆れていた。

「そこから説明が必要なのか。あなたも天狼族のひとりだろうに」

「たしかにそうだけど、でも、うちは親戚づきあいがなかったし、祖父さんも長く音信不通だから、教わる機会がなかったんだ」

「まあいい。子供でも知っていることだが、説明してやろう」

「……はい、お願いします」

咳払いをひとつしてから、セリオスが説明してくれた一族に伝え残る歴史によると、天狼族の始祖《しそ》は古き神話にも登場する天狼神なのだそうだ。

天狼は神の血をひく誇り高き獣人であり、また天狼神はいまでも一族の守り神として、子孫を繁栄へ導いていているという。

神の恩恵を享受していた彼らだが、世代を重ねるごとにその血は薄れ、始祖の存在を感じとれる者も減っていき、やがて神の声が聞けるのは、特化した能力を持つ一部の者だけとなってしまった。

天狼神の声を正しく聞き、言葉にして紡ぐ者には、神託をいただく巫女《みこ》としての役目を与えられることとなる。

いまでは天狼の血を引く者は世界中に散らばっているが、その中心は北欧を拠点とするナハトヴィーゼ本家であり、巫女も当主の傍らにいる。

一族を束ねる者。一族を導く者。その立場も役割も、時代とともに少しずつ変化しているが、どちらも重要で、尊い立場であることに変わりはなかった。

その巫女が、セリオスの伴侶にふさわしい相手を天狼神に訊ねたところ、候補として下った答えのなかに桂珠の名があったのだそうだ。

「……ほかにも候補がいるなら、オレじゃなくてもいいわけだ。むしろなんでオレの名がでてくるのか不思議だけど」

ついさっきまで巫女のことすら知らなかった、天狼族のすみっこにいるような存在だ。

「自分で言うのもなんだけど、血統だって、天狼と大神と人間が混じってるし、しかもいまだに完全な狼姿に変化できないし。能力だって中途半端だし、そんなに大層なものじゃないからね」

「その物言いは感心しないが、まずは訂正しておく。あなたの母君は天狼族だ。母君から巫女家の血を受け継いでいる。巫女家とは、その名が示すとおりで、昔から巫女はきまって同じ血筋から現れるため、その呼び名が……」

「そんなはずない！」

桂珠は説明を遮って勢いよく立ち上がった。その拍子に椅子がうしろへ動いて、床を擦る嫌な音をたてる。

桂珠にとって、それは思いもよらない言葉だった。

「母さんは人間だって、父さんも大牙さんもそう言ってたのに……」

それとも全員が嘘をついていたのだろうか。だとしたら、いったいなんのために。

セリオスの手が桂珠の両肩に触れ、やんわりと桂珠を椅子の上へ戻す。

すとんと座った桂珠は、まだ戸惑いながら震える息を吐いた。

「いまとなっては確かめる術はないが、ご本人も知らなかったのではないだろうか」

「えっ？」

「母君が人間として暮らしていたのは、幼いうちに人間の家へ養子に出されたからだ。当時の記録が残っていた。獣に変化できず、能力も発現しなかった者が一族の外へ出されるのは、そう珍しい話ではないからな」

獣人は、様々な特殊能力をその身に具《そな》えている。血筋に加えて能力の種類や優劣も重要視される世界で、能力のない者が生きぬくのは厳しい。

彼女は人間の娘として成長し、そして夫となる男と出会った。その男が天狼族だったのはまったくの偶然で、男のほうも人間の娘を妻に迎えたのだと信じて疑わなかった。

やがて夫婦の間には元気な男の子が生まれ、ふたりは天狼族と人間のハーフである我が子の成長を楽しみにしていた。

「そう考えて間違いはないだろう」

まるで見てきたように語るセリオスの声は、いままで聞いたなかで一番柔らかいような気がした。

「……そっか。うん、そうだといいな」

嘘をつかれていたわけではなかった。もうそれでいいと思う。

真相を確かめようにも、答えを知るふたりはすでにいないのだから。

「事情はわかってもらえただろうか？」

「まあ、大まかには」

「ならば、もう問題はないな。俺の求婚を受け入れて、共に城へ来てくれ」

正面に立ったセリオスに、右手をさし出される。

けれども桂珠は、その手を取れなかった。

「事情がわかったのと、それは、また別の話だよ」

「……なに？」

「当主って、後継ぎを作らないといけないだろう？　でもオレは男だよ？　それとも後継ぎは別の奥さんに産んでもらうつもり？」

「そのつもりはない。天狼神の前で婚姻の誓いを交わしたからには、俺の伴侶は生涯あなただけだ」

セリオスは、当然のことだという顔をして答えた。

「それでいいの？」

「かまわない。伴侶には、後継ぎを儲《もう》けるよりも遥《はる》かに大切な役割がある」

「大切な役割……？」

「当主を見守り、助け、癒《いや》すこと。常に共にあることだ」

セリオスの説明は抽象的すぎてよくわからないが、おそらく当主を支えるのが一番の仕事だという意味なのだろう。

一族を束ねる当主。一族を導く巫女。そして当主を後ろから支える伴侶。

それらが役割をきちんと果たすことで、天狼族は絶滅することなく繁栄を続けてきたのだと桂珠は理解した。

だがそんな大事な役目に、なぜ自分が選ばれたのかわからない。

特別な能力が使えるわけでもなく、大きな後ろ盾も便利な人脈も、莫大な財産も稀有《けう》な技術も持っていない。どこにでもいる、ごく普通の高校生だ。

それなのに、セリオスが疑問に思っていないことも理解できない。

セリオスはいったいなにを考えているのだろう。

「神託で言われたら、セリオスは結婚できるの？」

「神託の結果には従うまでだ」

「相手が一度も会ったことのない男でも？」

「一族のために選ばれた人だ。なんの異論もない」

しっかりと頷くセリオスを見ていて、桂珠は複雑な気分になった。

生真面目に答える声には、婚姻に対する温かな感情が感じられないのだ。

「それって、一族のために結婚するみたいに聞こえるけど」

「間違いではない。俺は当主としての務めを果たさなければならないのだからな」

求婚の理由が、次期当主としての義務と責任感だと知って、桂珠は失望した。

両親のように深い愛情で結ばれた夫婦が理想の桂珠にとって、そんな理由はとうてい受け入れられるものではない。

「そういうことなら、こんなに遠くまで来てもらって申し訳ないけど、求婚はお断りさせていただきます」

はっきりと告げると、セリオスは驚いたように目を見開いた。言葉の意味を飲み込むように何度か瞬《まばた》きをしたあと、額にかかる銀髪をかき上げながら、深いため息をつく。

「……理由をきかせてもらおうか」

「それは……いろいろあるけど」

一族のことがなにより大事なセリオスには理解できない考えかもしれないが、求婚を断る理由なので、あえて桂珠は本音をうちあけることにした。

「一番の理由は、オレたちの婚姻に対する価値観が、まるで違うからだ」

「価値観？」

「オレが思う婚姻は、義務や立場でするものじゃない。本能で惹かれた唯一の相手と、愛情で結ばれることだ」

「……確かに俺は、ひとりのためだけに生きることはできない。それは許されないことだからな」

「セリオスはそれでいいと思う。それでもかまわないと言ってくれる相手もいると思う。でも、それはオレじゃない」

自分は理解してあげられないからだと言うと、セリオスは難しい顔つきで眉間《みけん》にしわを寄せた。

「……わかった」

セリオスが頷いてくれたので、桂珠の肩から、ほっと力が抜ける。

これで話は丸く収まったと安堵《あんど》していると、ピアノの上に肘をついたセリオスが、桂珠のほうへ身を屈めてきた。

「だが、俺は諦めるつもりはない」

「えっ？」

「互いの相性を確かめたあとで、返事を考え直すというのはどうだ」

「……っ！」

紫紺の瞳にひたりと見据えられて、桂珠はたじろいだ。

獣人同士の相性は、相手と接触し感覚を共有することでわかるという。

最も正確なのは身体をつなげることだが、手っ取り早く粘膜《ねんまく》接触ができるキスが一般的な方法だった。

感覚を共有することで具体的にどういった状態になるのか、まだ誰とも体験した事のない桂珠には想像もつかない。

相性がいい相手とは、溶け合うような一体感と心地よさを感じ、悪い場合は磁石が反発するような不快感に襲われるのだと教わったことがあるけれど。

「断ったんだから、試す必要なんてないだろ」

ふたりきりで見つめ合っているこの状況に、次第に居心地の悪さを感じ始めた桂珠は、さっと椅子から立ち上がると、急いでセリオスの脇をすり抜けた。

まっすぐにドアをめざすけれど、ドアノブに手が届く前に腕をつかまれ、気づいたときには唇《くちびる》を奪われていた。

「……っ！」

セリオスは桂珠の抵抗をたやすく封じ込める。

後頭部を押さえる手のひらも、背中を引き寄せる腕も力が強くて、どんなにもがいても逃《のが》れられない。

銀狼とは当然キスなんかしなかったから、唇に触れられたのはこれが初めてだった。

甘さを増したセリオスの匂いに包まれる。

触れ合う唇からセリオスと混ざり合う。

身体中の血が騒いで熱くなる。

まるで満月の光を浴びたときのような、本能が解放されるような、世界が無限に広がる感覚に陶酔する。

その広がる世界の一番近い場所に、セリオスの存在を感じた。

とても力強く、眩《まぶ》しく、そして温かい。

これが感覚の共有なのだろうか。

「……なるほど。本能が響き合う心地よさ……か」

キスをほどいたセリオスが、桂珠の耳元にささやくついでに、獣の耳を甘噛みする。

腰のあたりでは、金茶色の尻尾がゆらゆらと上機嫌に揺れていた。

「わかっただろう。あなたと俺は、きっとうまくやっていける」

見上げれば、セリオスの頬もうっすらと上気していて、紫紺の瞳が艶《つや》めいている。

セリオスも同じように感じたのだろうか。確かめるように顔をじっと見つめていると、額や頬にも啄《ついば》むようにキスをされた。

そろそろ離れろと理性は叫んでいるのに、頭はぼんやりとしていて、自力では立てない身体をセリオスに預けている。

余韻《よいん》に浸りながらじっとしていると、音楽室のドアがいきなり開いた。入ってきた黒刀が抱き合う桂珠たちを見るなり、鬼のように表情が険しくなる。

「月待から離れろ!」

桂珠が襲われていると勘違いしたのだろう。黒刀は瞬く間に黒豹に変化すると、セリオスに飛びかかった。

「黒刀っ！」

焦る桂珠を素早く腕のなかにかばいながら、セリオスは攻撃をうまく避ける。

空振りした黒刀は再び攻撃体勢をとりながら低く唸り、セリオスは触れたら切れそうなほど鋭い眼差しで威圧して、両者はそのまま睨みあった。

桂珠は必死にふたりを止めにはいった。

「やめろ黒刀！　学園内での私闘がばれたら停学だぞ！」

「そうか、停学か。目障りな黒豹を排除するにちょうどいい」

「セリオスも！　挑発しないで！」

険悪な空気が高まって、室内の雰囲気がきりきりと張りつめる。

互いに相手の隙を窺いながら、一触即発の緊張感で対峙していると、前触れもなくドアがからりと開いた。

「月待はいるか？」

のんきな呼び声とともに顔をのぞかせたのは三國だった。

「三國！」

「……黒刀が変化しているのか。ケンカなら、決着がつくまで邪魔が入らないよう、外で見張っていてやるが？」

先に返事をしたのはセリオスだった。

「ああ、そうしてもらえると助かる」

「三國、頼んだぞ」

「ふたりともっ！　三國ものんきなこと言ってないで、止めるの手伝って！」

「なんだ、止めるのか」

三國はなぜか残念そうな顔をすると、黒刀に目を向けて言った。

「なぜおまえが変化するほど怒っているのか、理由はわからんが、月待は止めろと言っているぞ。それくらいにしておけ」

『わからないなら引っ込んでいろ！』

ぐるるっと喉を鳴らして唸る黒刀は、声の代わりに感覚で言葉を伝えてきた。

『こいつは……月待に無理やり迫っていたんだぞ！』

「ならばなおさらだ。冷静になって、月待の姿をよく見てみろ」

黒刀の視線が桂珠へと移る。

「あれが嫌がっている様子なのか？」

三國に言われて、いまだセリオスに抱かれていることに気づいた桂珠は、慌てて腕から逃れた。

「黒刀、騒ぎになって困るのは誰なのか、よく考えてみろ」

『……っ』

黒刀の怒気が、見る間に緩んでいくのがわかる。

「わかったら、まずは姿を戻せ」

三國の冷静な対処のおかげで、その場はなんとか無事におさまった。


寮の自室に戻ったセリオスは、いつもより乱暴な動作でソファに腰を下ろした。

邪魔な黒豹の顔を思い出すだけで、また気分が苛立ってくる。

気を静めるために深い呼吸をくり返していると、続き間のドアが開いて、黒いスーツを着た男が部屋へ入ってきた。

「おかえりなさいませ」

セリオスの側近のレイだ。手には茶器が載ったトレイを持っている。

特別編入者への優遇のひとつとして、セリオスの部屋は、桂珠が暮らす寮部屋よりも間取りが広く、従者のための控え室も完備している。

レイは無駄のない所作でテーブルの上に白いティーカップを置くと、控えめに声をかけてきた。

「気分がすぐれないご様子ですね」

子供のころからの長いつき合いなので、些細な感情の乱れもすぐに気づかれてしまう。

「レイ、彼に話が伝わっていなかったのはどういうことだ」

きつい調子で尋ねると、レイは深々と頭を下げた。

「申し訳ありません。少々行き違いがあったようです」

報告がなかったのは許しがたいが、結果として自分から事情を説明する成り行きになった。その点は悪くなかったので、総合的な判断で今回は不問にする。

「まあ、いい」

神託には従うものだと信じている者たちに囲まれて暮らしてきたセリオスにとって、価値観の違いで求婚をはねつけた桂珠という存在は、驚きとともに新鮮でもあった。

自分の要求は受け入れられて当然だと、いつの間にか驕《おご》った考え方をするようになっていたようだ。桂珠はそれに気づかせてくれた。

「首尾はいかがでしたか？」

「見事に断られた。まあ……予想の範疇《はんちゅう》だが」

平気なふりをして答えているが、胸中はざわついている。断られてがっかりしている自分がいる。

「そうですか。相手が男では無理もない返事ですね。では次のお嬢様と会うために、帰国の準備を始めましょうか？」

「いや、当分はここに滞在する。俺はまだ諦めたわけじゃないからな」

伴侶の役目について、伝え損ねていることもある。神託について説明したときと同じように、さらりと話してしまえばよかったのに、なぜかそうできなかった。

この身に流れる純血に秘められた、光と影。

強大な能力を受け継いだがゆえに背負うことになった害悪。

一族の多くが知ることで、特に隠しているわけでもなく、誰にどう思われようとまったく気にならないのに、なぜか桂珠には教えることを躊躇《ちゅうちょ》した。

頭の片隅に、嫌がられたくないという想いがよぎったからだ。

「……セリオス様。過ぎた執着は、お互いのためになりませんよ」

ほのかに芽生《めば》えていた感情を見透かされた気がして、セリオスは不自然にならないようにレイから顔を背けた。

私情を優先できない立場で、なにかに強く執着することは危険を伴う。

あらためて諭されずとも理解している。幼い頃から、常に次期当主としての自覚と誇りを持つように言われ、それに応え続けてきたのだ。

だが桂珠が受け入れられないと言ったのは、皮肉なことにそんな自分だった。

「言われなくともわかっている」

すべては一族の繁栄のため。そのために、こんなに遠くまでやってきたのだ。

頭を冷やせ。もっと冷静に事にあたれ。

伴侶候補とは適切な距離を保つこと。

己の感情を制御することなど簡単なことだ。

自分に言い聞かせながら飲み込んだ紅茶は、なぜかいつもよりも濃く感じる。

「この茶は、この国のものか？」

「いいえ。郷から持参したものです」

セリオスが好んでいつも飲んでいる品だと言われる。

「どうされましたか？」

「……いや、なんでもない」

長旅の疲れはとっくに抜けているはずなのに、自覚がないだけだろうか。

セリオスは目を細めながら苦笑した。


そのころ桂珠は、教員棟にある大牙の部屋を訪れていた。

毛足の長いエリアラグの上に直に座った大牙は、桂珠がセリオスの求婚を断った一連のやり取りを聞き終えると渋い顔をした。

「少し待てと言っただろうが。まったくおまえは……」

「ごめんなさい」

「こっちはまだナハトヴィーゼの内情を探っている最中だ。しかし、天狼族の次期当主様と、神託で選ばれた伴侶か。またでかい話になってきたな」

「でも、ちゃんと断ったから」

この婚姻話が義務と責任感から始まっている以上、桂珠の気持ちが変わることはない。桂珠の母親の件は、大牙にとっても驚きの新事実だったようで、嘘をつかれていたわけではないとわかって安堵する。

まだ諦めないと言ったセリオスについては、大牙が集めている情報と合わせて対応していくこととなった。

「それで、黒刀が乱入してきたわけか」

話の流れで三國の男前な対応まで教えた桂珠は、疲れたようにため息をついた。

「……大変だったんだよ」

「黒刀はネコ科のわりに一途な性格だから、やっかいだな」

ラグの上に寝そべり、よく冷えた缶ビールを開けながら大牙が言う。

やっかいなんてものではない。黒刀からの求婚の返事が曖昧《あいまい》になっていて、それでなくとも気まずいのに、セリオスが挑発するせいで余計にこじれている気がする。

「プリンスと試したキスはどうだった？　なにか感じるものがあったか？」

「それは……っ」

三人掛けの広いソファに座っていた桂珠は、胸に抱えたクッションに顔をうずめた。

セリオスとのキスを思い出すと、胸が騒ぐ。

あの時に感じた血のざわめきと、溶け合う感覚がそうなのだとしたら、セリオスとの相性は悪くないということになるだが。

「わかんないよ。どうなったら相性がいいのかなんて知らないもの」

「じゃあ、試してみるか？」

「え？」

しなやかな身のこなしでソファに手をついた大牙が、桂珠の抱えていたクッションを奪って背後に投げる。

「大牙さん？」

「プリンスと俺と、どう違うか試してみればわかるだろう」

そう言うと、大牙は桂珠にキスをしてきた。

悪戯《いたずら》に触られることはしょっちゅうだけれど、キスまでされたことはなかった桂珠は激しく動揺する。

逃れようにも後ろはソファの背もたれで、背中を押しつけられたまま、たっぷりと唇を弄《いじ》られる。

初めは身を捩って抵抗していた桂珠も、あまりの心地よさに負けて大人しくなるしかなかった。

うっとりするほど気持ちがいいのは、相性がいいからなのだろうか。それとも経験の浅い桂珠が受け止めるには大牙のキスが上手《うま》すぎるのか、自分では判別できない。

ようやく解放されたころには、身体中からくたりと力が抜けていた。

「どうだった？」

あからさまに訊かれて、桂珠は熟れた果実のように頬を赤らめた。

「見ればわかるだろっ」

悔しいけれど、まだ腰に力が入らない。

弾かれるような拒否反応はなかった。恥ずかしかったし、またされたいとも思わないけれど、嫌ではなかった。

「……あのさ、相手のことを好きかどうか、自分でもわからなくて迷うときは、キスして相性を確かめてみればいいのかな」

「それは微妙なところだな」

「微妙？」

大牙は昔よくそうしてくれたように、桂珠の頭に手を置くと、ぐりぐりと撫でた。

「キス程度なら、経験や技術の差で感じ方も変わってくる。気持ちのよさが相性のよさとは限らないからな。ただ、本能で惹かれ合う相手とのキスとなると、そんなことも関係なくなるんだが……これればかりは、経験してみないとわからないだろうな」

そう言うと大牙は、今度は桂珠の頬に、派手な音を立ててキスをした。

まるきり子供扱いだが、大牙のそれは昔からのものなので、いちいち気にしない。

「……そっか」

大牙とのキスは、うっとりするほど心地よかった。けれどもセリオスとのときは、もっと胸がドキドキした。身体中の血が騒いで、もっともっと熱くなった。

あれよりすごいキスが、他にあるのだろうか。

「いいんじゃないか、黒刀ともキスしてみれば」

「えっ？」

「なにかわかるかもしれないぞ」

いつの間にかセリオスのことを考えていた桂珠は、その顔を慌てて頭から追い払った。

「しないよ。それに、オレはれっきとした男だからね。やっぱり夫じゃなくて、奥さんがほしいよ」

「嫁か。天狼族は男の数が多いから、頑張らないとな」

「運命の相手が、素敵な人であるように祈ってて」

義務で求婚するような男ではなく、互いを唯一の存在として末永く愛し合える、そんな相手と出会えるように。

「そういや、もうそろそろ大牙さんの好きな人のことを教えてよ。いるんでしょう？」

「俺か？　そうだな……」

なにかを思い出すように大牙が表情をほころばせた時、部屋のチャイムが鳴った。

大牙が玄関に出て応答すると、聞き覚えのある声が聞こえてくる。

「夜分に失礼します。月待先生、明日の職員会議の件ですが……」

あれはきっと古典教師の天宮《あまみや》の声だ。三年生を担当しているので桂珠は直接教わったことはないが、たおやかな外見でいながらかなり厳しい教師だと噂されている。

大事な用件ならば遠慮したほうがいいだろうと思った桂珠は、玄関へ向かった。

「大牙さん、オレはそろそろ帰るね」

桂珠の姿に目にした天宮は、話を止め、わずかに眉をひそめる。

「君は確か……」

「月待桂珠。俺の甥だ」

「ああ、そういえば、話は伺《うかが》っています。月待くん、そろそろ消灯時間ですよ」

大牙の紹介で、天宮の表情が少し和らいだ。

「はい。大牙さん、相談に乗ってくれてありがとう」

「ああ。またなにかあったら、必ず俺に言えよ」

「わかった」

桂珠は大牙に手を振り、天宮には会釈をして部屋から出た。

自室の前まで戻ると、なぜかドアの脇にセリオスが立っていた。

セリオスは桂珠が戻ったと気づくなり、紫紺の瞳を不機嫌そうに眇《すが》める。

「どこへ行っていた」

おまえには関係ないと突っぱねることもできるが、消灯時間が近い。話が長引くと面倒なので、桂珠は隠さずに教えた。

「大河さんのところだよ。それじゃ、おやすみ」

ドアを開けて部屋に入ろうとすると、なぜかセリオスも当然のようについてくる。

「……どういうつもり?」

「話がある」

「もうすぐ消灯なんだけど」

「関係ない。俺は……」

言葉の途中で、セリオスはいきなり顔をしかめた。そしてきついまなざしを桂珠に向けると、腕をつかんで強引に部屋のなかへ押し入る。

力任せに引っぱられる腕が痛くて桂珠は抗った。

「なにっ、ちょっ……痛いよ」

けれどセリオスは聞く耳を持たず、勝手に部屋の奥へと進み、寮の備えつけの大きなソファに桂珠を荒っぽく座らせた。そして桂珠の両脇に手をつき、逃れられないように腕のなかに閉じ込めてから顔を近づけてくる。

「セリオス、おまえなあっ！」

「他の男の匂いがする」

セリオスは息がかかるほどの距離で、怖いくらいの真顔で言った。

「叔父の部屋で、なにをしてきた」

「なにって、別に……」

大牙とキスをして相性を確かめたことを思い出した桂珠は、とっさに顔を背ける。

「セリオスには関係ないだろう」

「関係なくはない。あなたの夫になるのは、この俺だ」

「ちゃんと断ったはずだ」

睨みつけると、セリオスは憂いを含んだため息をこぼした。

「話を聞いてくれ。あなたには、まだ伝えていないことがある」

「……なに？」

「伴侶の役目についてだ」

「それは、もう聞いた。当主である夫を支えるのが仕事だって」

「確かにそうだが、あれにはもっと深い意味がある」

「深い意味？」

見上げるとセリオスは、どことなく昼間よりも硬い表情をしている。

そんなに深刻な内容なのだろうか。

桂珠はわざと、仕方がなさそうに、ため息をついてみせた。

「落ち着かないから、とにかく座りなよ」

ソファの隣を尻尾の先で叩くと、セリオスはわずかに目元を嬉しそうに和らげ、桂珠の隣に座った。

「それで？　深い意味ってなに」

「俺はナハトヴィーゼ家の直系で、純血の天狼だ。しかも稀《まれ》にみる血の濃さから、先祖返りだと言われている」

ナハトヴィーゼ家には、そういった桁《けた》違いに優れた能力を持つ者が数十年ごとに現れ、当主として一族を守ってきた事実が古い伝承に記されているのだそうだ。

「血が濃い者は、人形よりも獣姿のほうが本質に近い。つまり獣に近い。過去には、変化した姿で感情をひどく乱した当主が、本能のままに獣化したり、能力を揮《ふる》って甚大な被害を与えた事例がいくつも残っている。力の暴走と書いてあったが、つまり一族にとって先祖返りの存在は、諸刃の剣なのだ」

穏やかではない話の内容に、桂珠はセリオスのほうへと身体を向けて座り直した。

「それって、セリオスもそうだってこと？」

「そうだ。だが先祖返りが当主に立つときには、きまって暴走を制御する力を持つ者も現れる。先祖返りの荒ぶる本能を静め、癒す能力をもつ者。当主の番いとなる運命の者だ」

先祖返りのセリオスは、桁違いに優れた能力を秘めている。

だがいかに優れていようと、ひとりだけでは不安定な存在なのだ。

「俺の番いとなる運命の相手は、桂珠、あなただ。俺を静め癒す者。俺にとって必要不可欠な存在だ」

「セリオス……」

まっすぐな瞳でおまえが必要だと言われると、不覚にも心が揺れる。

だが耳に心地いい言葉に流されて、頷くわけにはいかないのだ。

「でも、オレには暴走した先祖返りを静めるような、そんなすごい能力はないよ。事前にいろいろと個人情報を調べてるなら、知ってるだろ？」

桂珠の身に備わる特殊能力は、声や歌を媒介に、対象に影響を与える力だ。

あれは桂珠がまだ幼稚園に通っていた頃のことだ。

母親と童謡を歌いながら、強風で折れた向日葵《ひまわり》に添え木をしていたら、折れた部分が見る間に回復し、花を咲かせたことがあった。

能力が発現した最初の出来事だが、桂珠はいまだに自分の能力を測りかねている。

発動したときの効果や威力に波があるうえに対象を選ぶので、めったに能力を使うこともなかった。

いままではハーフである影響かもしれないと考えていたが、母親も天狼族だったことでその説は崩れ、さらに謎が深まっていた。

「感知能力も普通の獣人並みで、むしろ鈍感だと大牙さんにからかわれるくらいだし、身体能力もそれなりだし。卑屈なことは言いたくないけど、やっぱりセリオスの力になれるとは思えないんだ」

「能力発現の時期やきっかけには個人差がある。俺が求める力は、きっとあなたのなかでまだ眠っている。あとは呼び起こすだけだ」

自分の能力は、まだ眠っているだけ。

いまだに半変化しかできなくても平気だと、強がりながら心のどこかで諦めていた桂珠は、そんなふうに考えたことはなかった。

「……なんで、そんなことがわかるんだよ」

「わかるのではない。信じているのだ」

「信じる？」

「ああ。あなたを選んだ、自分の本能を」

セリオスは強い意志のこもった瞳で頷いた。

「……セリオス」

「確かにこの婚姻は、義務から始まったものだ。だが俺たちの相性はけっして悪くない。結構いい夫婦になれそうだと思わないか？」

セリオスの言葉は正しいのかもしれない。天狼族の端くれとして、尊い神託を信じ、言われたことに喜んで従えばいいのかもしれない。

「本当に、そうなのかな」

だが桂珠は、どうしても承知することができなかった。

たとえセリオスがこの世で最高に相性のいい相手だとしても、やはり愛情の欠けた婚姻には夢も希望も持てないと思うのだ。

桂珠が求められているのは、当主の暴走を制御する能力のため。

つまり能力さえあれば誰でもいいということだ。

温かな愛情での繋《つな》がりを求めている桂珠の気持ちを知りながら、それでもセリオスは自分の意思を押し通そうとする。なによりそれが桂珠を傷つけた。

「やっぱり無理。確かにオレだって天狼族だけど、でも一族に縛られて生きてるわけじゃない。おまえの都合を、オレに押しつけないで」

「桂珠……」

真摯なまなざしが、桂珠を絡め取ろうとする。

桂珠は目をそらして、苦い笑みをうかべた。

「伴侶候補は他にもいるだろう。喜んで頷いてくれる可愛い子を選んだほうが、きっとみんな幸せになれるよ」

「だが俺は……」

「話はもう終わり。遅いから帰って」

「桂珠っ」

「いいから帰って!」

桂珠はソファから腰を上げ、セリオスの腕をつかんだ。

「桂珠!」

腕を引かれて立ち上がったセリオスは、どうして自分の言葉が伝わらないのだと、じれったそうに唸る。

わかってないのは、セリオスだってそうだ。

神託とか、特別な力とか、いままで桂珠の世界にはなかった言葉で、自分を持ち上げないでほしい。

この世でたったひとりの人だとか、他にはいない存在だとか、心をくすぐる言葉で惑わせないでほしい。

うっかり頷いてしまいそうな自分が怖いから。

ほだされて、セリオスの言いなりになったあとで後悔しても遅いのだ。

そしてなにより怖いのは、桂珠のなかに、やっぱりそんな大それた力は眠ってなかったとわかる日が来ることだ。

「しつこい男は嫌いだよ」

絶望するくらいなら、半変化しかできない月待桂珠のままでいい。

桂珠はセリオスの背中を押して、力づくで部屋から追い出した。


翌日は朝からぐずついた天気だった。どんよりと重い雲に覆われた空は、眺めているだけで気分も沈む。

授業の合間の休み時間に、自分の机で頬杖を突いた桂珠は、鬱々《うつうつ》とした気分を持て余していた。

ちらりと視線を向けたセリオスの席は留守だ。どこへ行ったのかは知らない。

無意識にため息をこぼしていると、前の席に座っている築代《つきしろ》が振り返った。

「激しく落ち込んだ顔をしているけど、どうしたの？」

まるで月の女神のように麗しい顔が、優しげに微笑む。

築代は龍神伝説が伝わる地方の旧家の出身で、先祖は天から降りてきた番いの龍だという伝承が残っているそうだ。

「あ……うん。ちょっとね」

そんな築代の傍らにはいつも、葛城《かつらぎ》という亭主関白な夫のような男がいた。ふたりが揃《そろ》うと、まるで夫婦のような自然な空気に包まれている。

築代ならどんなふうに考えるのだろう。

「訊いてもいい？」

桂珠が神妙にきりだすと、築代は身体ごとこちらを向いて首を傾げた。そのしぐさに築代の長い髪が、さらりと揺れる。

「なに？」

「築代にとって、葛城はどんな存在？」

「いきなり直球だね。まさか、恋の悩み？」

「……と言うか、じつは最近、男から求婚されて……」

「ああ、なるほどね」

「でも個人的なことだし、誰にでも気軽に話せることじゃないよね。ごめん、いまのはなかったことにして」

「いいよ。オレに訊いてみたくなったその気持ちも、なんとなくわかるし」

前の席にいて、セリオスと桂珠のやり取りを知っている築代には、思い当たることがあったのだろう。

次の授業を待つ間の、雑多な声にあふれた教室の片隅で話せるようなことではないのに、築代は椅子の背もたれに肘を置くと、桂珠との距離がもう少し近くなるように身体を傾けてきた。

「オレの場合は、かなり特殊なケースだから、参考になるかどうかわからないよ」

「特殊なケース？」

「生まれた時から一緒にいることが決められていて、別々の道なんて選びようもなかったんだよ、オレたちは」

築代は苦笑しながら、自分の事情を簡単に教えてくれた。

葛城家は神主の家系で、土地を守護する龍神様を祀《まつ》り、築代家はかんなぎとして葛城家の直系を支える役割を果たしてきたという。

同じ龍を祖先に持つ葛城は、龍神の神通力を受け継いでいるせいで、その性質から身体に穢《けが》れを溜めこみやすく、その穢れを浄化できるのが、癒しの力を持つ築代なのだそうだ。

生まれたときから、お互いの役割が決まっていた。

ある意味ふたりは、夫婦よりも固い絆で結ばれていると言える。

「……嫌だと思ったことはないの？」

「それは、もちろんあるよ。もしも違う家に生まれていたら、自由に自分の将来を選べていたのにって。子供の頃はよく思ってたな」

己の運命から逃れたいと、周囲に反抗したこともあったらしい。

「でも、結局はこうして一緒にいるんだよね」

この学園に入学したのは、見識を広げ、獣人界での人脈を作ることが目的だそうだ。

「嫌だと思ってたのに、どうして受け入れることができたの？」

それこそが桂珠が一番知りたいと思っていることで、悩んでいることだった。

「それは……」

築代は長いまつげに縁どられた目を伏せて、しばらく考え込む。

「吹っ切れたからかな。月待たちは、相手を本能で選ぶんだろう？」

「えっ？　あ、うん。オレはまだよくわからないけど、その相手と出会えたら、本能が騒ぐんだって教えられてる」

「それに比べると、オレたちは感覚がもっと人間に近いのかも。逃げだすまで追いつめられて、ようやくわかったんだ。必要とされてることに」

そしてなにかいいことを思い出したのか、花がほころぶように微笑んだ。

それだけではなんのことだかわからなかったけれど、どうやら築代と葛城の間には、様々な出来事があったらしい。

「本能とか天狼族の流儀とか、オレにはわからないけど、逃げられないときは流れに身を任せてみるのも悪くないよ。いまのオレは、あいつはオレがいないとダメなんだって思えるようになって、ちょっと気分がいいかな」

そうして目を上げた築代の視線の先には、自分の席からこちらの様子を気にしている葛城がいた。本人はテキストを開いて無関心を装っているようだが、意識がこちらに向かっているのがまるわかりだ。

築代以外にはまったく愛想のない葛城の、意外な一面を見てしまった。

ふたりは運命という絆に加え、愛情でも結ばれているのだ。

桂珠はそれを素直に羨《うらや》ましいと思った。

「プリンスは、もっといろいろ抱えてるんだろうね」

「えっ？」

「天狼族は大きな群れだし、歴史も古い。束ねるのは大変そうだ。オレだったら、とっくに嫌になって逃げだしてるだろうな」

そういえば、桂珠の祖父は天狼族の直系に生まれながら、一族のもとを離れて日本へ渡り、自ら望んだ相手と家庭を持った。

築代に言葉で初めて気づいた。自分の気持ちを探るだけで手一杯で、セリオスの立場になって考えたことは一度もなかった。

今回の婚姻について語ってくれた話は、すべてセリオスの本音なのだろうか。なにか想うことはないのだろうか。

婚姻を含めて一族のために尽くす一生に、本気で納得しているのだろうか。

いろいろと説明されても、肝心なことは聞けていない気がして、桂珠の心が揺れた。

知りたいと想う心と反対に、セリオスのことを意識的に避けるうちに数日がすぎて、次の満月の夜。

桂珠は迷ったものの、本能には抗えずに、雑木林のなかの小さな東屋へやって来た。

乾いた草地に寝転び、ふさふさの尻尾をゆらめかせながら、金色に輝く満月の光を全身に受けとめる。

静かに目を閉じていると、意識の端に強い気配が引っかかった。

予想はしていたので動じることなく目を開けると、月光をまとったように淡く輝く銀狼が、ゆっくりと歩み寄ってくる。

銀狼に変化したセリオスは、やはり見惚れるほど美しい生き物だった。

変化を解けばセリオスに戻るのだとわかっているのに、その綺麗な毛並みに顔をうずめ、心ゆくまで撫でまわしたい気分になる。

「……ずっと銀狼のままだったらいいのにな」

相手に届かないくらいの小さな声で、桂珠は呟いた。

当主でも伴侶候補でもなく、ただの狼として出会えていたら、もっと違った関係になれていたかもしれない。

銀狼は少し離れた場所で立ち止まり、こちらの様子を窺《うかが》っている。

桂珠は心のなかの扉を、少しだけセリオスに向けて開いてみた。

「……いい夜だね」

心から拒絶していないことが伝わったのか、銀狼は傍へ寄ってきて、桂珠の首筋にそっと鼻先を寄せる。

「こんなに綺麗な満月だ。おまえも存分に味わえよ」

満月は、等しく獣たちのものだ。

首から肩のあたりの柔らかな毛をそっと撫でると、さらりとした感触が指に心地いい。なににそんなに惹かれるのか、銀狼は桂珠の耳の後ろや髪にも鼻をもぐらせ、いつまでも飽きずに触れている。

そんな銀狼から桂珠の好きな甘い芳香が立ちのぼり、匂いに包まれながら、とろりとした気分で目を閉じた。

やがてセリオスが寄り添うように寝そべる気配がする。

「駆けたくはないの？」

解き放たれた獣の姿で、冷たい風をきって、大地を蹴《け》って、思う存分駆けまわりたくはないのだろうか。

　現に雑木林や学園の至るところで、同じように満月に導かれた者たちが、それぞれ思うままに夜を楽しんでいる。

「せっかくだし、オレのことは気にしないで行ってくるといいよ」

　半変化では一緒に駆けることができないからと言うと、桂珠は銀狼に頬をぺろりと舐められた。

「……もしかして、慰めてくれてる？」

　ふたたび頬を舐められ、自然と笑いが込み上げる。

「満月なのに、寝ているだけでいいなんて、へんな狼」

　今度は返事の代わりに尻尾で身体をはたかれた。

　桂珠は銀狼の毛皮に顔をうずめて目を閉じる。

　いつになく静かに時間が過ぎる、月の輝く夜だった。

　その日を境に、セリオスは夜が更けると桂珠の部屋を訪ねてくるようになった。

　狼の姿には桂珠の警戒が緩むと気づいたらしく、満月でもなくても自力で変化しては、その柔らかな毛をすり寄せてくる。

けっしてほだされたつもりはないが、桂珠はセリオスがソファで眠るのを許すようになった。自分なりに精一杯の譲歩だ。

今夜もドアがノックされ、仕方なく鍵を開けると、

「気持ちは変わったか?」

部屋に入ってくるなり確かめられる。

「毎晩同じことを訊かないで」

桂珠がそっけない態度を取っても、堪えた様子もなく勝手にソファを陣取る。

今夜は外国語で綴《つづ》られた雑誌を持参していて、人形《ひとがた》のまま くつろぐつもりのようだった。

桂珠の日常のなかに、セリオスが踏み込んでくる。存在がどんどん大きくなる。

このまま流されていていいのか迷っていると、机の上に置いていた携帯電話の着信音が鳴りだした。液晶画面を確かめると、大牙からだ。

桂珠は通話ボタンを押しながら、窓際へ移動した。

「大牙さん?」

『桂珠、いま話せるか?』

「大丈夫だよ。今度相談しようって言ってたこと?」

部屋にはセリオスもいるので言葉をぼかして訊ねると、

『いや、それとは別件だ。実はな……』

大牙は、なぜか言いにくそうに言葉をとめた。

「なに、どうしたの？」

『ああ。おまえに婚姻の申し込みがきた』

「……婚姻の申し込み!?」

つい大きな声を上げてしまい、桂珠は慌てて口元を手で押さえた。

うしろを振り返ると、ソファに座ったセリオスは、膝の上で開いた雑誌に目を落としている。どうやらいまのは聞かれなかったようだ。

桂珠はほっとしながら窓辺を向くと、声を潜めて問いかけた。

「それ、本当なの？」

『ああ、正式な申し込みだ。おまえに報せずに断るわけにもいかないと思ってな』

「……どこの誰から？」

『黒豹族の黒刀家だ』

「それってまさか……」

『ああ。黒刀は諦める気がないようだな。黒刀家は黒豹族のなかでは中堅どころの家格だが、祖父の代からの事業が順調で、やたらと羽振りがいい。条件は悪くない』

「悪くないもなにも、オレは……」

大牙の説明に苛立ちを覚え、反論しようと早口になったそのとき。

「もちろん断るよな」

いつの間にか背後に忍び寄っていたセリオスに腰に抱かれ、驚きのあまり心臓がドキリとはねた。

「セリオスっ」

『……桂珠？　そこにセリオスがいるのか？』

「えっ、あっ……」

セリオスは桂珠の手から携帯を奪うと、自分の耳に当てた。

「その話は断ってくれ」

「ちょっと、セリオスっ!?」

「……ああ。当然だ。桂珠は俺が貰うのだからな」

そして言いたいことを言って、さっさと通話を終えてしまった。

「片づいたぞ」

「……って、勝手になにするの！」

「どうせ断る話だろう」

「そんなの、わからないだろっ」

勢いで言い返すと、あからさまに眉をひそめたセリオスに身体の向きを変えられ、正面から向かい合う。

まるで嫉妬されているように感じて、ありえないことだと桂珠は目をそらした。

「まさか、黒刀なら夫候補に考えてもいいと思っているのか？」

「それは……っ」

学園に入学して、最初に親しくなったのが黒刀だった。黒刀は気配りができるし優しいし、なにかと頼りになるいい男だと思うが、そういう意味で胸がときめいたことは一度もない。

でもそれをセリオスに伝えるのは言い訳めいているし、自分たちは言い訳が必要な間柄ではない。

「桂珠」

「……なに？」

「正直に白状すると、俺はもっと、事は簡単に運ぶものと思っていた。俺の考えが甘かったのは認めよう」

「わかってよかったよね。だったら……」

「だが俺は諦めない。必ずあなたに『はい』と言わせてみせるからな」

承知したら、桂珠は親しい者から遠く離れた国へ行くことになる。

セリオスしか頼れる相手のいない場所で、当主の伴侶として一族のために生きることを望まれる。

どんなに想像しても、幸せになる姿は想い描けなかった。

「何度も言うけどお断りします」

「桂珠…っ」

「ねえ、セリオス。そろそろ国に帰りなよ。そして本当に自分にふさわしいお嫁さんを貰って。オレも愛する人を見つけて幸せになるから」

そう言うと、真顔になったセリオスの瞳が、ゆらりと冷たい色に変わった。

「愛する人……だと。俺以外のやつと、幸せになりたいのか」

「だって、それがオレの本来の望みだから」

「あなたは俺のものだと、何度言えばわかるのだ。それとも、実力行使にでないとわからないのか？　いや……それも悪くないか」

ふっと浮かべた笑みは酷薄そのもので、桂珠の背筋はひやりとする。

「あなたをさらって、閉じ込めて、俺だけのものにする。俺だけを見て、感じて、俺のためだけに呼吸をするようにしてやろうか」

「……おまえ、最低」

桂珠は顔を背け、早口に言い返した。

「させないよ。オレは、おまえの思い通りにはならないから」

それを承知で無体なことができるのならば、してみればいいという気分でセリオスを睨みつけた。

一歩も後に引かない気持ちで対峙《たいじ》していると、セリオスはいきなり、ふっと吹きだして笑った。

「確かに、あなたが俺の思い通りになったのは、あの夜だけだな」

「……えっ？」

銀狼に変化していたセリオスと初めて会った夜のことを言っているのだと気づいて、桂珠の顔が真っ赤になった。

たしかにあの時は、たいした抵抗もせず、素肌まで晒してしまった。

「狼姿でねだったら、あなたの気持ちは、少しでも揺らぐだろうか」

「それは……っ」

まったく効果がないとは言い切れない。

なにがきっかけなのかわからないが、いつの間にかセリオスの雰囲気が和らいでいた。

「試してみようか?」

「……もう寝る！　ソファが嫌なら、大人しく部屋へ帰って」

桂珠は自分のベッドに上がると、さっさと毛布をかぶった。

「おやすみ、桂珠」

セリオスは桂珠の額にキスを落とすと、ソファに戻って毛布を広げる。

細く欠けた月の夜が更けていく。

セリオスが毎夜、桂珠の部屋で休んでいること。満月の夜も一緒に過ごすことを許しているらしいこと。

それを知って激しく懊悩《おうのう》している者も、等しく穏やかに包み込むのだった。


明けて翌朝。セリオスは着替えのために自室へ戻った。

「お帰りなさいませ」

「……レイ」

ドアを開けると、今日も黒いスーツを隙なく着こなしたレイが、セリオスの制服にブラシをかけて待ち構えていた。

「朝帰りですか」

有能な側近のあからさまな皮肉に、セリオスはあえて知らないふりをする。

「セリオス様」

「なんだ」

「月待様とは、適切な距離を保つことが大切なのだとおわかりですよね？」

「ああ、わかっている」

「群れを率いる者が、偏った感情で判断を誤り、我欲でその目を曇らせることは許されません」

そんなことは、わざわざ念をおされなくても充分に承知していた。

我欲に走った統治者が国を滅ぼした例は、過去にいくらでもある。

セリオスがこれから背負うべきものは国ではないが、無能な当主として名を残すようなまねをするつもりはない。

「セリオス様がお選びになるのは、一族にとって最良の伴侶です」

「だから桂珠を連れ帰ろうと努力しているのではないか」

一族のため、そして自分のためにも最良の相手は桂珠なのだと、セリオスは確信している。

それなのにレイは、納得がいかないような顔をしていた。

「レイ」

「はい」

「おまえがそんな顔をして心配するほど、俺はおかしなことをしているか？」

率直に訊ねると、レイは少し驚いたようだった。

「正直にお答えしてもよろしいですか？」

「ああ。かまわない」

「私は月待様のことが信じられません。本当に伴侶にふさわしい能力を秘めているのか、見極めることも難しく、セリオス様が信じて動かれる、その根拠がわからないのです」

レイの気持ちはわからなくもない。そう感じるから、そうしたいからだとしか説明のしようがない。

いつの頃からか、この胸をひたひたと満たしている想いがある。その想いが桂珠を取り逃がしてはならないと自分に教えるのだ。

「俺の伴侶は彼しかいない。どう考えるかは、おまえ次第だ」

不本意ながら無難な返事で話を締めくくり、セリオスは手早く制服に着替えると、咳払いをひとつして気分を切り替えてからドアを開けた。

「セリオス様、朝食は……」

「桂珠と食堂で食べる。行ってくる」

「……行ってらっしゃいませ」

そして再び桂珠の顔を見るために、部屋を出て寮の食堂へと向かった。

秋晴れの澄んだ空に、薄い雲がたなびいている。

夏の暑さが苦手な桂珠にとって、長袖でも過ごしやすい秋は好きな季節だ。

それに学園を取り囲む雑木林も、赤や黄色に葉の色が変わり、色鮮やかな美しさは目にも楽しい。

澄んだ空気のなか、ジャージに着替えた桂珠は、集合のかかったグラウンドの中央にクラスメイトと共に移動した。

明日から催される球技大会の、会場の準備に取りかかるのだ。

準備担当になったおかげで午後の授業がつぶれたと、浮かれた声に笑いが起こる。

当日は、サッカーやテニス、バスケットなどの種目がグラウンドや体育館にふりわけられ、いっせいに試合を行う予定になっていた。

ちなみに人間と違って、種族による身体能力の差がそのまま勝敗につながるため、能力の一部に制限を設けての競技となる。

生徒たちはそれなりに勝敗には拘るが、親交を深めるための行事であることが大前提なため、それほど殺伐とした雰囲気にはならずにすんでいた。

担当教師の指示を受けて、それぞれが試合会場の設営を始める。

倉庫からサッカーボールを運んできた桂珠は、グラウンドの向こうへと歩いて行く三國の姿を見つけた。ひとりでどこへ行くのか気になり、一緒に作業をしていたクラスメイトに断ってから、あとを追いかける。

「三國！」

後ろ姿に呼びかけると、三國が振り返った。

「月待か」

「ひとりでどこへ行くんだ？」

「ああ、予備の得点板が必要だそうで、体育倉庫を探すように頼まれた」

「体育倉庫はこっちだろ」

「いや、あちらの古いほうの倉庫にあるらしい」

校舎から離れているうえに、木立の陰になっていて見えないが、グラウンドを拡張する以前に使用していた倉庫が向こうにあるらしい。

けっこうな距離があるのに、小柄な三國にひとりで運ばせるのは酷だろう。

「手伝うよ」

「月待の仕事はいいのか？」

「オレのほうは、人手が足りてるから大丈夫だ」

ちゃんと声をかけてきたことを伝えると、三國は頷いた。

「そうか、じゃあ頼む」

同じジャージ姿の三國と並んで歩きながら、桂珠は気になったことを口にする。

「でもな、おまえは女の子なんだから、そういう力仕事は男に声をかけろよ」

「腕力なら、月待と私は似たり寄ったりだと思うが」

「な…っ！　オレはそんなに弱くないだろ」

「男手なら、黒刀にも頼めばよかったな」

「あ……うん」

言葉に詰まり、曖昧に笑い返したが、三國には目敏く気づかれた。

「あまり元気がないな。先日の音楽室での事を気にしているのか？」

「えっ？」

「ここ数日、三人とも態度がよそよそしいというか、ほとんど一緒にいないだろう」

三國に指摘されたとおり、特に黒刀とは、この数日まともに会話をしていない。

家を通しての正式な求婚話を断って……決定打を打ったのはセリオスだったが、あれから数日が過ぎていた。

大牙がすでに先方に返事を伝えたかどうかは、まだ確認していない。

黒刀からはなんの反応もないし、こちらから話しかけるのもためらわれ、なんとなく遠くから様子を窺っている状態だ。

親友として大切な相手の想いを断ってしまって申し訳ない気持ちもあり、どんな顔をしてどう接すればいいのか、迷っているのが正直なところだった。

「また黒刀となにかあったのか？　言えることなら話してみろ。もちろん秘密厳守で聞いてやる」

桂珠の心を乱しているのは、本当はセリオスなのだが。

優しい心遣いを示してくれる彼女になら話したい気持ちになって、桂珠は黒刀に関する事情を簡単に打ち明けた。

「……なるほど。モテモテだな、月待は」

「男にもてても嬉しくないよ」

「それは気の毒としか言えんな。しかし、月待は返事をしたのだから、あとは黒刀の反応を待つしかないのではないか？」

「……やっぱり、それしかないかな」

「色恋に関しては、えらそうに言えるほど私も上級者ではないが、叶わぬ想いは諦めるしかない。黒刀はそれだけの覚悟をしたからこそ、行動にでたのだと思うぞ。月待の返事を自分なりに受けとめたら、あちらからなにか動きがあるだろう。それで、また友人としてつき合いたいと言われたとして、月待もそれでかまわないなら、なかよくすればいい。私ならそう考える」

しっかりした三國の言葉を聞きながら、桂珠の頭に浮かんだのは、なぜか黒刀ではなくセリオスの姿だった。

求婚を断った桂珠に、セリオスは承知するまで諦めないと言った。

黒刀も同じように考える可能性はあるだろうか。

「でもまあ、黒刀に限ってまさかとは思うが」

「なに？」

「いや、いまのタイミングで正式な求婚をしたのは、実はセリオスに対抗したかったからとも考えられると思ってな。もしもそうなら、私はあいつをバカモノと罵《ののし》ってやる。おまえも遠慮なく失望してやれ」

きゅっと眉をひそめながら握り拳をかまえた三國のしぐさに、桂珠は笑みを誘われた。小柄で華奢《きゃしゃ》な女友達が、いまほど頼もしく思えたことはない。

「三國って……美少女なのに男前だなあ」

「褒め言葉として受け取っておこう」

男前な性格は大勢の兄弟たちのなかで培われたものだと、本人から聞いたことがある。

「兄弟が多いっていいね。オレは一人っ子だから羨ましいよ」

「私は一人っ子に憧れたことがある。特に我が家の夕食時は戦争だった。うかうかしていたら、おかずをすべて食べられてしまうのだからな。ゆっくりと食事ができる一人っ子がどんなに羨ましかったことか。だから、おあいこだな」

どちらにも良い点と悪い点があると笑って言う三國には、本当に敵わない気がする。

兄弟との思い出話を楽しく聞いているうちに、グラウンドのはずれにある目的地が近くなった。

「あれがそうだな」

三國が目線で示した先には、古びた小さなプレハブ倉庫があり、周囲に数人の男がたむろしていた。ざっと感知できる範囲にいるのは五人。着ているジャージの色で、全員が上級生だとわかる。

彼らはどうやらここで作業をさぼっているようだ。なかには煙草《たばこ》を手にしている者もいて、あまりよくない雰囲気に桂珠は警戒した。

けれども三國はかまわずに、すたすたと倉庫に近づいて行く。

「三國っ」

「大丈夫だ」

冷静に返されたが、こちらに気づいたひとりが軽い足取りで近づいてきて、桂珠たちの前に立ちふさがった。

「おっ、美少女はっけーん！　一年生か。名前はなんていうの？」

大げさなほど明るい調子で話しかけられた三國が、にこりともしないで答える。

「私はそこの倉庫に用がある。悪いがそこを通してもらえないだろうか」

「きみ、おもしろい喋《しゃべ》り方するねえ」

「なになに、倉庫でなにをするって？」

「俺たちも手伝ってやるよ」

ちょうどいい暇つぶしか、おもしろそうな遊び相手を見つけたつもりなのか、わらわらと集まってきて取り囲む男が四人に増える。

「手伝いは遠慮しておく。通してくれたらそれでいい」

うっとおしそうに眉間にしわを寄せた三國の腕を、桂珠はそっとつかんだ。

「三國っ」

こういう連中にそんな態度は挑発になる。

倉庫の脇に置かれたベンチに残っていた最後のひとりが声を上げた。

「おや、月待桂珠じゃねえか」

桂珠の名前を言い当てた茶髪の男は、ベンチから立ち上がって目の前へやって来ると、身体を低く屈めて顔を覗き込んでくる。

「なるほどね、なかなかの美少女顔だ」

「おいおい、そいつは男だろ」

品のない笑い声が、高い空に吸い込まれていく。

倉庫へ来た用事はもういいとして、この連中が何事もなく自分たちを解放してくれればいいが、どうもそうはいかない雰囲気に桂珠の緊張が一気に高まった。

大牙から護身術を教わっているが、一度に五人を相手にするのはあまり自信がないうえに、こちらには三國がいる。

彼女をかばいながら五人を振りきって逃げられるだろうか。

「北欧からの転入生が、おまえにやけにご執心だって噂を聞いたぞ」

茶髪の男の指が、桂珠の細い顎を捕らえる。とっさに振りほどこうとしたけれど、指の力が強くて外れない。

「あの転入生、天狼族のプリンスなんだろう。そんなやつが男に執着するからには、よっぽどの上玉ってことだよな？」

薄ら笑いを浮かべながら、茶髪の男は桂珠の瞳を覗き込んだ。そして確かめるように耳元やこめかみに鼻を近づけて匂いを嗅ぐと、にやりと口元を歪める。

「おまえ、けっこう俺の好みだ」

そう言うと、桂珠の腰を抱えて、軽々と肩に抱え上げて歩きだした。

「な…っ！」

焦った桂珠の背中に、三國の厳しい声が届く。

「月待を離せ！」

「まあまあ、美少女は俺たちと遊ぼうぜ」

「私に触るな！」

「やめろっ！　三國に手をだすな！」

とにかく逃れようと闇雲に手足を動かして暴れてやるが、拘束する腕はびくともせず、足取りも揺らがない。

「美少女が大切なら、大人しくしたほうがいいぞ」

脅しを感じさせる男の言葉に、桂珠はぴたりと抵抗をやめた。そしてどうにもできないまま体育倉庫のなかに連れ込まれた。

扉が鈍く軋《きし》んだ音を立てて閉まり、内側から鍵がかけられる。

六畳ほどの広さの倉庫の中は、明かり取りの小さな窓しかないせいで薄暗く、細くさし込む光に埃《ほこり》が反射してキラキラしていた。

使用頻度が低いのか、よどんだ空気は湿っぽい。

右側には雑多なものが収まったスチール製の棚がいくつか平行に並び、左の壁際には積み上げられたダンボール箱と、陸上競技に使われるバーやポールが無造作に立てかけられていた。どれもずっと手をつけられていないのか、それらは埃をかぶって薄汚れている。

足元にはどの球技のものか不明のネットや、野球の道具が転がっていた。

『なんだよー。あいつ、ひとりだけお楽しみかよ』

『だけどいいのかよ。月待って、ハーフなのに、プリンスが目をつけてるんだろ？』

『まあまあ。思い出づくりってやつだから』

扉の向こうからは、好き勝手なことを言う声が聞こえてくる。

逃げろと言うひまもなかったが、三國は大丈夫だろうか。

男が扉を背に立つ不利な状況で、それでも桂珠は精一杯、目の前の男を睨みつけた。

「……なんのつもりだ」

「なに、プリンスを虜《とりこ》にしたその身体を、俺もちょっと味見させてもらうだけだ」

「……っ！」

距離を詰められ、自然と後ろへ下がった踵《かかと》が、壁際にあった跳び箱に行き当たる。これより奥へは行けず、左右は男の腕に遮られていて、追いつめられた桂珠は跳び箱にもたれるしかない。

手のひらで頭を鷲掴《わしづか》みにされたとたん、頭の芯が鈍い痛みに襲われた。まずいと思ったときには遅く、急に身体の動きが鈍くなって、なにか能力を使われたことに気づく。

「大人しくしてたら、ひどいことはしねえから」

顔を近づけてきた男が、ひどく楽しそうに鼻を鳴らした。

「やめろっ！」

柔らかいジャージ素材など、本気をだした獣人の前には無力だった。つかんで左右に引っ張られた生地は、いとも簡単に裂ける。

三國にはからかわれたが、桂珠も天狼族の端くれだ。身体能力は普通の人間よりもはるかに強いのだが、男のほうが圧倒的に上まわっていた。

そのうえ能力を使われている。

なかに着ていた白いシャツをたくし上げ、手のひらが素肌に触れた瞬間、ぞわりとした怖気を感じて身体が震えた。荒い息遣いが頬にかかるのがとてつもなく気持ちが悪くて、吐き気が込み上げる。

銀狼に触れられたときに感じた、あの心地いい酩酊《めいてい》感との差はなんなのだろう。

獣の鼻が触れ、舌に舐められても、こんなに嫌な気持ちにはならなかった。

抵抗したいのに腕が重くて持ち上げられず、ぐっと歯を食いしばって嫌悪感に耐えていると、男がじれったそうに舌打ちした。

「そんなに嫌がるなよ」

勝手な言い分には苛立ちを覚えるが、桂珠はいま身を持って理解していた。

これが相性による感じ方の違いなのだ。仮にこんな一方的な状況でなくとも、この男とは心も身体も溶け合うことはなく、反発しか感じないだろう。

桂珠の本能が、この男は違うと言っている。

こんなやつに、好きにされるわけにはいかない。

「……嫌にきまってる。当たり前だろ…っ」

「なに？」

自分を好きにしていいのは、この男ではない。

「おまえじゃないんだよ！」

桂珠は気力を振り絞って目の前の身体に体当たりした。

それと同時に、過剰な力を加えられた鍵が弾け飛び、倉庫の扉が開く。

扉からさし込む光を背に中へ入ってきたのは……。

「桂珠っ、無事か!?」

「……セリオス」

セリオスが珍しく、肩を上下させるほど呼吸を荒げていた。

桂珠の有様を見ただけで状況を理解し、炎のような怒気をゆらめかせる。

「その手を離せ」

大きな歩幅でこちらへ来るなり、桂珠の前にいる男を足で蹴りつけた。

獣らしい唸り声のあと、風に巻かれて埃が舞い上がり、桂珠はとっさに目を閉じた。支えを失ったせいで膝が崩れ、跳び箱にもたれたまま、ずるずると床に座り込む。

「うっ……グ……っ」

鈍い呻き声が聞こえて、どうなったのか必死に目を開けて見ると、茶髪の男は無様に床に這いつくばり、その背にセリオスが膝から乗り上げていた。ひねり上げた腕もきまり、勝負はついたかに思えたが、

「……ち……くしょう！」

茶髪の男はセリオスの拘束を振りほどいて起き上がった。スマートなセリオスよりも体格がいいぶん、体力では上回っていたようだ。

男は拳を振り上げ、怒りにまかせてセリオスへと突進した。鋭い拳はセリオスの左頬を掠めながらすり抜け、勢いが乗ったまま倉庫の奥へと突き進む。

「うおっ！」

その先にあるのはスチール棚の山だった。男が身体ごとぶつかった勢いで棚がぐらりと傾き、均等に並んでいた隣の棚へとドミノ倒しの要領で倒れだす。

次々と巻き込んで勢いと重さを増したそれは、老朽化していた倉庫の壁も突き破り、耐用年数を過ぎていた倉庫が無残にも崩れ始めた。

逃げないと危ない。そう思った桂珠は立ち上がろうとしたけれど、茶髪の男が使った能力の効果が残っていて、足がいうことをきかない。

逃げられないと悟った桂珠は、腕で頭をかばいながら、うつ伏せに身体を丸めた。襲いくるだろう衝撃に耐える覚悟をしながら、ぎゅっと目を閉じる。

やがて耳障りな音とともに大量の埃が吹きつけ、吸い込んだ埃にむせて咳《せ》きこんだ。

けれども想像したような痛みはなく、かわりになにかに包まれている感じがする。

これだけの埃のなかでもわかる、微かなこの匂いは……。

「……セリオス？」

埃が風に流され、どうにか目を開けられるようになって状況を確かめると、セリオスの身体が桂珠を守るように覆いかぶさっていた。桂珠がなんとか身体を上向きに戻すと、ずしりと全身を預けられる。

「セリオス、重い…っ」

セリオスの頭が乗っている首のあたりが、生温かく濡れる感じがして、なにげなく手をやる。指先が真っ赤に染まったのを見て、桂珠の全身が総毛立った。

「セリオスっ！」

桂珠は急いで身体を起こし、ぐったりと目を閉じているセリオスの身体を膝に抱えた。怪我をした箇所は探すまでもなかった。セリオスの右のこめかみから額のあたりが、出血で真っ赤になっている。

「セリオス！」

もう一度呼びかけてみたが、反応がない。

むやみに動かすのはためらわれ、埃で汚れているが、ないよりましだと思って破れたジャージを脱いで、出血している箇所に押し当てた。その手がひどく震えて止まらない。

「どうしてセリオスが……」

桂珠はセリオスの腕のなかにいた。セリオスは自分の身体を盾にして、倉庫の崩壊から桂珠をかばってくれたのだ。

ジャージは血を吸って見る間に赤く染まり、どんどん広がっていく。

「どうしよう」

早く助けを呼ばなければいけない。

けれどもこんな状態のセリオスをひとり残して、ここを離れることはできない。

大牙を呼びたくても、携帯電話は着替えをしたロッカーに置いてきた。

「血が止まらない……どうしよう……っ」

傷が痛むのか、セリオスが苦しそうに呻《うめ》いて、桂珠の鼓動が不安に速まった。

「オレがなんとかしないと。オレが……」

半ばパニック状態になった桂珠は、できることを求めて記憶を探るうちに、ひとつの思い出にたどりついた。

それは桂珠がまだ幼い頃、転んで膝を擦りむいて泣いていたら、母親が微笑みながらかけてくれた言葉だ。

『……ね。唱えたら、痛いのがみーんなどこかへ行っちゃうからね』

慰めてくれる優しい声と、絆創膏《ばんそうこう》がはられた膝をそっと撫でてくれる温かな手に、いつの間にか桂珠は泣き止んでいた。

「……あれは……」

桂珠は思い出のなかで母親が教えてくれた言葉をくり返し呟きながら、セリオスの傷口の出血が止まるようにと願った。早く、一刻も早くと。

やがて騒動が届いたのか、グラウンドのほうから数人がこちらに向かってくる。

顔を上げた桂珠は、そのなかに大牙の姿を見つけて大声を上げた。

「大牙さんっ！　セリオスが……っ」

「怪我をしたのか」

「早く手当を」

大牙は血で濡れたジャージをずらして患部を診る。

「桂珠は？　おまえは怪我をしてないか？」

状況の説明よりも先に心配してくれる叔父の登場で、気が緩んだのかもしれない。

「オレは……」

セリオスがかばってくれたから大丈夫だと答えようとしたのに、視界が急に暗くなり、大牙がなにか叫ぶ声が遠くなっていった。


次に目覚めたら、そこは見慣れた医務室のベッドだった。

「おう、起きたか」

桂珠の目覚めを敏感に察した大牙が、カーテンを開けて覗き込んでくる。

「……大牙さん」

「気分はどうだ？」

「普通だけど……」

どれくらい眠っていたのか、医務室の窓の外は、もうすっかり陽が暮れていた。

ベッドの端に腰を下ろした大牙に頭を優しく撫でられ、再び目を閉じようとして、はっと思い出した。

「セリオスは!?」

シーツをはねのけて起き上がると、大牙の手でまたベッドに寝かされる。

「大丈夫だ、出血は止まった。だが患部が頭だからな。応急処置のあと、外の病院に念のため検査入院させた。結果の連絡を待っているところだが、まあ心配ないだろう」

適切な処置を受けたと聞いて安心したら、もうひとりの男の顔を思い出した。

「……あの男は？」

「あいつは倒れたスチール棚の下敷きになって気を失っていた。数か所の打撲と手首の軽い捻挫《ねんざ》ですんだよ」

頑丈な男でよかったと、桂珠は胸を撫で下ろす。

「現場にいたやつらから、だいたいの事情は聴いた。おまえ、あとでちゃんと三國に礼を言っておけよ」

「えっ？」

大牙の説明によると、三國は、桂珠が倉庫に連れ込まれていよいよ危なくなると、四人の男を能力で煙に巻いてグラウンドに戻ったらしい。そしてちょうど桂珠を探していたセリオスを見つけて状況を伝えた。

セリオスは危ないから三國は来ないように言ったが、大人しく待っていられなくて倉庫まで戻る途中に倉庫崩壊の瞬間を目撃して、今度は大牙を呼びに走ったのだという。

騒動の発端は茶髪の男たち五人の側にあり、自分たちは巻き込まれたのだと、駆けつけた教職員にはっきりと伝えたそうだ。

「三國が……」

小柄で華奢な少女に、大きな借りを作ってしまったようだ。

「やっぱり男前だな、三國は」

「彼女も天狼族だったらよかったのにな」

そうしたら嫁に貰えたのにと、大牙にからかわれる。

だが桂珠は、三國が天狼族だったとしても、いまみたいな友人関係に落ち着いていたような気がしてならなかった。

「もう部屋に戻ってもいい？」

「ああ。手首を少し擦りむいてるから、風呂に入るときは気をつけろ。それから、桂珠から事情を聴くのは、明日にしてもらえるように頼んだから」

「わかった。ありがとう、大牙さん」

起き上がった桂珠は、埃で汚れたシャツを着たままベッドに寝ていたことに気づいた。

「あ……シーツを埃まみれにしてごめんね」

「いいさ、気にするな。それより、今夜は俺の部屋に泊まりに来るか？」

声をかけてくれたその顔が優しい保護者に戻っていて、桂珠は笑みを誘われた。

「大丈夫。ひとりで眠れるよ」

「……そうか。明日、手首の消毒に来るのを忘れるなよ」

「はーい。じゃあ、おやすみなさい」

大牙に手をふって、廊下に出る。

医務室から寮へと向かう廊下を歩きながら、桂珠は思った。

今夜は部屋にセリオスがやってこない。

久しぶりにひとりで眠る、長いような短いような夜が明けて。

翌日の球技大会を欠席した桂珠は、無理を言って担任から許可を貰うと、セリオスの見舞いに出かけた。

門をくぐって人間界へ戻り、学園関係者専用のシャトルバスで市街地へ向かう。

学園内にもコンビニやドラックストアのような店がいくつか営業しており、生活雑貨や食料品など、生活に必要なものはだいたい手に入るのだが、やはり嗜好《しこう》品まではカバーできない。休日になると街へ降りる学園職員や学生は少なくなかった。

平日の昼間ということもあり、学園関係者がまばらに乗ったバスは、大型ショッピングモールの駐車場に到着した。

病院へ行くには、最寄り駅か、市営のバス停から乗り換えなくてはならない。

バス停へ向かう途中、花屋の店先で足が止まった。

なにか見舞いの品を用意したほうがいいだろうか。でも検査入院だから、すぐに退院ともなれば、余計な荷物になるかもしれない。

色鮮やかな花を眺めながら悩んでいると、いつの間に現れたのか、真っ直ぐな黒髪と艶めいた瞳が印象的な美少女が、桂珠の目の前に迫ってきた。

「一緒にきてもらえるかしら」

そして毒々しいほど赤い唇が、短い言葉を呟く。

なにかの呪文だとすぐに気づき、まずいと思った瞬間には、桂珠の意識がすっと遠のいていった。

意識が戻ると、桂珠は見覚えのない部屋にいた。

寝かされたベッドの上から、注意深く室内の様子を観察してみると、西洋風の調度品が並ぶ部屋のあちらこちらに獣人の能力の名残を感じる。

ドアも窓も魔法陣で固く封じられていて、簡単には逃げられないようになっていた。

それなら壁を破壊してやろうかと、物騒なことを考えながら右腕を上げようとしたが、うまく力が入らない。加えて喉元に感じる違和感。

指先で触れると、冷たくて固い首輪がはめられていた。表面に呪文が彫られているようで、撫でると指先に、ちりっと電流で痺れるような痛みが走る。しかも……。

「…………っ!?」

桂珠は声を封じられていた。どうやらこれは、そのための道具らしい。

これは偶然か、それとも桂珠の特殊能力を知っていての措置なのか。

彫られた呪文をより強い力で壊せば外せるかもしれないが、その特殊能力の発動条件である声を封じられていてはどうしようもない。

自力での脱出は困難だなと悟った桂珠は、考えをめぐらせた。

今回の外出は、クラス担任に許可を得ている。大牙にも予定を伝えてある。

夜になっても桂珠が戻らなければ、きっと異変が起きたと気づいてくれるはずだ。

とにかく冷静でいることだ。大牙は必ず助けにきてくれる。だから自分がいますべきことは、けっして無茶をせずに身の安全を図ることだ。

当面の目的が決まると、桂珠はいざというときのために、ベッドに座って体力を温存することにした。

それにしても、自分をさらった相手はいったい誰なのだろう。

学園の生徒を無作為に狙った、営利目的の犯行だろうか。

昨今では特殊能力を目的に狙われた事例もあると、担任から注意を受けていたのに、めったに異界から外出しないため油断していた。

様々な可能性を考えていると、いきなり部屋のドアが派手な音を立てて開き、赤いロングドレスを着た女性が入ってきた。

外見は二十代後半といった様子だが、身にまとう雰囲気はもっと年上を思わせる。栗色の髪を高く結い上げ、丁寧な化粧をした顔は女優のように美しいが、どこか禍々《まがまが》しい気配も放っていた。

「おまえが月待桂珠か。本当に男なんだね。次代の伴侶候補だと聞いて、まさかとは思ったが」

ベッドの脇に立った女が、桂珠の全身を興味深げに眺めながら言う。

桂珠は驚きに目を見張った。この拉致監禁の目的は間違いなく桂珠で、正体を知ったうえでの犯行だったのだ。

「ああ、これじゃ話にならないね。いいかい、余計な真似はしないほうが身のためだよ」

そう念をおすと、女は桂珠のほうへ手をのばし、喉元の首輪に指を触れた。

途端に棘《とげ》が刺さったような尖った痛みを感じて、桂珠は激しく咳き込んだ。

「痛かったかい、すまないね。だがこれで声はだせるはずだ」

「……れは……いったい、なんのまねだっ」

まだ喉に痛みが残っているし、いつもより掠れているが、なんとか声はでる。

女は優雅なしぐさでベッドの端に腰かけた。

「おまえに頼みがある。いますぐにセリオス様の前から消えておくれ」

「……どういうことだ」

「いきなり当主様の伴侶になれと言われて困ってるだろう？　助けてやろうと言ってるんだ。悪いようにはしないよ」

距離が近づいたことで、桂珠は女の甘い香水に混じる、同族の匂いを嗅ぎ取った。

「そうか、オレが伴侶になると、都合が悪いやつがいるのか」

「よくわかったね」

女は桂珠をひたりと見据えると、赤いルージュの唇をにやりと笑ませた。

「できれば穏便に事を運びたかったけれど、まあこれも不運だと思って、大人しくその身を任せておくれ」

自分たちが仕掛けておいて、なにが不運だ。勝手な言い分に腹が立って、桂珠は拳を強く握りしめた。

当主の伴侶になるつもりはないが、この女の思い通りになるのも我慢がならない。

「断る。オレを学園へ帰せ」

「……そうか、嫌か。それなら別の手段をとるまでだ」

女は首にかけていた赤い宝石の首飾りを手に握ると、素早くなにかを唱えた。

首輪の効力で動きが鈍っている桂珠は、とっさに防御しきれない。

急に身体が鉛をつけられたように重くなる。

「入っておいで」

別室から現れた数人の男があらわれ、手足をつかまれても、ろくに抵抗もできない。

ひとりの男が懐からガラスの小瓶を取り出すと、ふたを開けた。

「大人しく飲め」

無理やり口を開けられ、濃い紫色の液体を喉の奥に流し込まれる。

苦くて粘《ねば》つくそれを、意に反してすべて飲み込んでしまった。

「な……にを……」

「いくら神託に選ばれた伴侶候補でも、他の男のものになったとあれば、それもおしまいだろう」

女は手のひらが、桂珠の優しく撫でる。

「存分に楽しむといい」

微笑みながら後ろへ下がった女と入れ替わりに、男たちの手がのびてきた。

「オレに触るなっ！」

首輪と薬のせいで思うように動けないが、桂珠は身体を小さく丸めて必死に抗った。

「強情ね。さっさと諦めたほうが楽なのに」

「……おまえたちに好きにされるくらいなら、セリオスの言うとおり伴侶になるほうが百倍ましだっ！」

桂珠はその名を持つ男の姿を思い浮かべた。

神託で選ばれた伴侶を迎えに、海を渡ってやって来た、銀色の美しい狼。

一族のために男に求婚するような、責任感の強い天狼族の王子様。

でもそれだけ一族を大切に想い、ゆるぎない意思を持つ、愛情深い男だ。

「セリオス様の名を気安く呼ぶのはおやめ！」

名前も知らない男に口づけられて、精神に強い負荷がかかるような反発を感じた。

いまならよくわかる。身体中の血を熱くするセリオスの唇とは、比べものにならない。

やはり自分は本能に抗えない生き物なのだ。

「……まあいい。これでセリオス様も、おまえに見向きもしなくなるだろう。どちらにせよ私の勝ちだよ」

男たちに組み伏せられている桂珠を、女は勝ち誇ったように見下ろしている。

すでにシャツもデニムパンツも脱がされ、隠すものが無くなった肌を、いくつもの手で無遠慮に撫で回される。

触れられるだけでも吐き気を覚えて限界だった。これ以上は耐えられない。

「やめろ！　オレに触るなっ！」

桂珠の喉から拒絶の叫びがほとばしる。すると目の前にいた男が、いきなり胸をかきむしりながらうずくまった。

「ぐっ……く……ううっ……っ！」

「おい！　どうした！」

桂珠の足を押さえていた男が、異変を確かめようと、うずくまる男に近寄る。

男は苦しそうに呻いて床の上をのたうち回っていた。

なにが起こったのかわからないが、桂珠はいつの間にか尻尾と耳を出して半変化している。

男たちの気が自分から逸れていることに気づいて、精一杯の速さで身体を起こした。

ベッドを降りてドアへと駆けだす。

「なにをしている！　早く捕えろ！」

だがやはり多勢に無勢だった。空気の障壁を張る能力を持つ者にまわりを囲い込まれ、すぐに身動きがとれなくなる。

さらに上から強い圧力をかけられて、次第に意識が遠のいていくなか、もがきながら呟いたのは、たったひとりの名前だった。

「…………セリオス…っ」

知らない男の手になど、絶対に触れられたくない。どうでもいい男に、この身を好き勝手に扱われたくない。

そう感じるのは、きっともう知ってしまったからだ。

触られてもいいと思える、その手の存在を。

最初は満月の夜に銀狼の姿で。次は音楽室で、プラチナブロンドがとても綺麗な人形《ひとがた》で。

その後も、セリオスは許してないのに触れて、舐めて、抱き寄せて、キスをしてきたけれど、嫌悪や拒絶は感じていなかった。

セリオスを拒んだのは、求婚の理由が一族のためだったから。

憧れていた、愛情で結ばれた求婚ではなかったから。

自分の感情にいろいろな理由をつけていたけれど、最初から惹かれていたのだ。月明かりの下で、視線が意識が本能がからめ捕られた、あの瞬間に。

あの美しい銀狼が欲しかった。

ずっと愛してほしかった。

その姿を脳裏に想い描くと、心が騒いで胸が痛くなる。姿をこの目で見たくて、声が聞きたくて、その匂いに包まれたくてたまらなくなる。

理不尽に拘束されている悔しさと、弱った心がその名を呼んでいた。

「セリオス……セリ……っ……セリオス……っ！」

何度も呼んでいるうちに薄れていた意識は、ガラスが割れる激しい音に引き戻された。

砕けた破片とともに窓から突入してきた銀狼が、部屋にいた男たちを一撃で蹴散らし、傍へ駆け寄ってくる。

『桂珠！　無事かっ⁉』

銀狼は低く唸っただけだが、桂珠の獣の耳には言葉としてはっきりと伝わってきた。

「……本当に……セリオス……？」

入院しているはずの男が、なぜそこにいるのかと、何度も目を疑う。

肌もあらわな姿で力なく床に横たわった桂珠の姿を見るなり、銀狼はひと目でわかるほど大きく身体を震わせた。

『……っ！』

激しく唸り、桂珠の白い頬に何度も鼻先をすり寄せる。

逆立った銀色の被毛の周りに、陽炎《かげろう》のような揺らぎが立ちのぼり、そしてどこからかひんやりと冷たい空気が漂い始めた。

『……よくも……桂珠に手をだしたな』

桂珠を自分の背に隠すようにして立った銀狼が、ゆっくりと周囲を睥睨《へいげい》する。

鋭い瞳に射抜かれ、赤いドレスの女は顔を真っ青にして狼狽えた。

「セリオス様！　あなた様にふさわしい伴侶は他におります。我が一族のため、どうか我らにも機会をお与えくださいませ！」

『黙れ！』

叩きつけるような叱責と同時に、天井から氷柱のように尖った氷の塊が落ちてきて、部屋のあちらこちらから悲鳴が上がる。

『桂珠に害をなすのは、俺に刃向うのと同じことだ。俺を怒らせた、その報いをうけろ』

凍えるほど冷えた風が音を立てて吹きつけ、部屋の壁や床一面が見る間に氷に覆われていく。氷の膜は次第に厚みを増していき、壁際のチェストやベッドも飲み込んで、部屋中を氷漬けにしていった。

銀狼の全身で揺らめいているのは、激しい怒りだった。

「セリオス様！」

氷のつぶてが混じった竜巻が、すべてを容赦《ようしゃ》なく巻き上げ、壁の氷を砕いてさらに大きくなっていく。

部屋の柱がミシッと軋《きし》んで、どこからか固いものをへし折るような、メキメキと鈍い音が聞こえてくる。

「……暴走だ」

銀狼の最初の一撃で床に伸びていた男が、呻きながら呟いた。

憶えのある言葉に、桂珠は男たちのほうへ目を向ける。

「直系のお方を怒らせたら、ひどい目に遭うって聞いたことがあるぞ！」

「なんだって⁉」

「怒り狂って暴走するんだ」

「まずいぞ！」

全員が慌てて周囲を見回したが、すでに氷の障壁で出口をふさがれていて、男たちは途方に暮れた。

「申し訳ありません、セリオス様。どうか……どうかお許しくださいませ」

その隣で銀狼の怒りの深さを目の当たりにし、事態に恐れをなした女が必死に哀願する。女は主に命じられたことを実行に移しただけだった。それがこんな結果を引き起こすとは思いもよらなかった。

「どうかお静まりくださいませ！」

けれども部屋の温度は下がり続け、屋敷全体が傾きながら揺れ始めた。

冷風に痛いほど肌を叩かれている桂珠も、あまりに凄まじい光景に度肝を抜かれてしまい、ただ呆然とすることしかできない。

「セリオス様っ！」

氷の隙間から身をすべりこませてきたのは、黒いスーツを着たレイだった。レイは駆け寄って銀狼に触れようとしたが、体躯を覆う風の刃に指を弾かれる。

「セリオス様！　どうかお静まりください！」

大声で呼びかけるが、耳に届かないのか、銀狼は低く唸り続けるだけで反応がない。

「暴走している。いったいどうすれば……」

「やっぱり……」

セリオスが教えてくれた、これが先祖返りの力の暴走。

濃い血に秘められた、獣の咆哮《ほうこう》。

呟きにつられてこちらを見たレイと、桂珠の目が合った。

「……月待桂珠。あなたが真に神託によって選ばれた伴侶なら、その能力でセリオス様の暴走を静めてください」

「オレが!?」

「このままでは、セリオス様の身体は限界を超えてしまいます！　これ以上事態を長引かせるわけにはいきません！」

「……っ！」

身体が震えたのは、冷気のせいだけではない。そんな大層な能力が本当に自分のなかに眠っていいのかわからないし、その方法もわからない。うまくできる自信などない。

だがセリオスは言っていた。桂珠を選んだ自分を信じていると。

「オレが……」

「あなたがやらなければ、ここで終わりです！」

後がないのだと自覚した途端、桂珠の戸惑いが覚悟に変わった。

誇り高き天狼神の末裔《まつえい》。この美しい銀狼の暴走を止める。歴史の中に刻まれていた、先祖返りが暴走した果てに、野生化して二度と人に戻らなかった悲劇はもう起こさせない。

セリオスは自分が静める！

「セリオス！」

桂珠は銀狼の太い首に腕を回し、ぎゅっとしがみついた。

冷気の刃が肌を掠めて細かな傷をつけるけれど、かまっている場合ではない。

「戻ってセリオス！　もういい！　もう怒らなくていいから！　聞いて！　オレの声を聞いて！　セリオスっ！」

体育倉庫で負傷したセリオスの流れる血を止めたくて必死に祈った。あの時と同じように、くり返しセリオスの名を呼び続ける。

だが荒れた冷気の竜巻はいっこうにやまず、桂珠の肌に新しい傷が増えていく。

「セリオス！　お願いだから、セリオスっ！」

これが正しい方法なのかはわからない。だが桂珠は自分を信じて呼びかけた。セリオスの暴走した意識を取り戻したかった。

呼び声に心を込めて、この想いが伝われと願いながら。

銀色の被毛に額を押しつけ、強く腕に抱きしめながら、何度も、何度も。

「セリオス！」

セリオスはきっと静まる。静めてみせる。

その名を呼ぶたびに、桂珠の身体は内側からゆるゆると暖かくなっていった。

吹きつける冷気の激しい音や、肌を叩く痛みが、次第に遠くへ薄れていく。

「セリオスっ、どうか……聞いて……」

どのくらいの時間、呼びかけていたのかもわからない。ほんの短い間のような気もするし、何時間も前からのような気もする。

『……桂珠』

耳元にセリオスの声が聴こえて、はっと顔を上げた桂珠は、自分の異変に気づいた。

銀狼の首を抱いていた腕は、氷の床を押さえている。それに、さっきよりも感覚が広く鮮明になったような、この不思議な心地は……？

『見事な狼姿だ』

『……え……っ？』

穏やかな声に導かれるように首をめぐらせると、なめらかな氷の壁面に、ふたつの姿が映っていた。

雄々しく逞しい銀狼と、傍に寄り添う、しなやかな一匹の狼。

『もしかして……オレ……』

寄り添う狼は、桂珠が変化した姿だった。

セリオスよりも金色がかった柔らかな毛の先に、ほんのりと淡い桜色が入っている。

「これが『伴侶の証』ですか」

荒れ狂っていた冷気はいつの間にか静まり、二頭の傍らに膝をついていたレイが、感心したように呟いた。

『そうだ。とても美しい、伴侶の色だ』

『セリオス、もう大丈夫!?』

『ああ。桂珠のおかげだ。あなたが俺の理性を呼び戻してくれた』

銀狼の鼻先に顎をくすぐられ、桂珠はくすぐったくて身を捩る。

「セリオス様、事態の収拾は私に任せて、ひとまず学園へお戻りください」

『……俺の気は、まだ済んでいないぞ』

これだけやってまだ足りないのかと、桂珠は内心で驚いた。

レイも同じことを思ったようで、桂珠にちらりと視線を向ける。

「桂珠様は、そろそろお疲れでしょう。能力を使ったうえに、初めて変化なされたのですから」

桂珠のことを理由にされると、セリオスも無下にはできなかったらしい。

『いいだろう。あとはおまえに任せる』

「承知いたしました」

レイに後始末を任せ、銀狼と桂珠は屋敷の外で待機していた大牙の車に乗り込んだ。

二頭目の狼の正体にすぐに気づいた大牙は、こぼれそうなほど目を大きく見開いて驚いていたが、

「よかったな、桂珠」

すぐに嬉しそうに、くしゃっと顔をゆがめて笑った。

「詳しい事情はあとで聞こう」

大牙の危なげない運転で、車は速いスピードで学園へ戻った。

学園のグラウンドでは、いまだ球技大会が行われているなか、秘密裏に寮の部屋に運び込まれた桂珠は大牙の診察を受けた。

桂珠が飲まされた紫色の薬は、身体の動きを制限するものに加えて、媚薬成分が入っていたようだ。効果が薄れたのか、短時間しか効かないものだったのか、いまは落ち着いているのでこのまま様子を見ることになる。

「俺の部屋へ来い。明日の朝まで預かろう」

そのほうがすぐに対処できるからと大牙は言ったが、

「いや、なにかあればこちらから知らせる」

狼の変化を解いたセリオスは、自分が世話をすると言って譲らなかった。

桂珠も自分の部屋へ帰れたことに安堵したので、いまから移動するのは面倒になる。

「そうか。だがセリオスも、退院したとはいえ、安静にするよう医者に言われただろう。おまえたちふたりとも、今日は大人しくしていろよ」

学校医の顔で忠告した大牙が戻ってしまうと、部屋はふたりきりになった。

ベッドの端に腰かけたセリオスの額には、白いガーゼが医療用テープではられている。

昨日のひどい出血を見ているだけに、その清潔な白さが痛々しい。

「退院したんだ」

「ああ、たいした傷ではないからな」

「怪我してるのに、助けにきてくれてありがとう。それから昨日のことも、かばってくれて……ちゃんとお礼が言えてなかった」

桂珠は素直な気持ちで礼を言った。

「いや、礼を言うのは俺のほうだ。あなたが癒してくれたから、回復が早かった」

「オレの力が効いてよかった」

祈るような気持ちで紡いだ桂珠の言葉が、癒しの力となって傷に作用したのだそうだ。

一般的な治癒者の能力とも異なると見立てられ、本質を見極められないまま、使うことをためらっていた自分の能力が、セリオスの助けになれて本当によかった。桂珠は心からそう思った。

「すまない。やつらの暴挙を抑えられなかった。俺の責任だ」

考えが甘かったと、厳しい表情をうかべたセリオスの瞳には、まだ怒りの炎がくすぶっている。

「……でも、ちゃんと助けてくれただろ」

怪我をしているのに、身体を張って闘ってくれた。

それが嬉しかったのだと笑いかけると、セリオスは身体を屈め、存在を確かめるように桂珠の額に自分のそれを触れ合わせた。

「間に合ってよかった」

ため息のようにささやきが、桂珠の頬に触れる。

触れ合った額から温かな気持ちを感じて、桂珠の心は和んだ。

セリオスはこんなにも心配してくれたのだ。

「オレも迂闊《うかつ》だった。でも二度目はないように注意するから」

「継承の儀を終えて、正式な俺の伴侶になれば、もう二度と誰にも手出しはさせない」

たしかに天狼族の当主の伴侶を狙うとなれば、難易度が格段に高くなるのだろう。

「……うん」

桂珠は小さく頷いた。

いままでとは違う反応に、セリオスは訝しげに顔を上げると、まじまじと桂珠の目を覗き込んでくる。

「桂珠？」

「本能には抗えない。本当にそうだなと思ったんだ。オレは初めてセリオスに会った時から、抗いがたいものを感じていた。というか、銀狼にだけど」

「狼姿の俺か」

今回のことで、セリオスなりの桂珠に対する情が垣間見えたことで、自分の気持ちも認めなければならなくなった。

桂珠はずっと、最初からセリオスのことが好きだったのだ。

「一族のためなら義務で男に求婚するし、愛情のない結婚を強要するし、オレにはセリオスが理解できなかった。絶対に承知しないと思ってた。でも……とっさに呼んだのは、セリオスの名前だった」

桂珠は上げた右手で、セリオスのプラチナブロンドにそっと触れる。

「当主とか伴侶とか、オレにとっては正直どうでもいい。でもオレは天狼族の男だから、この世で唯一の相手と、末永く愛し慈しみ合う人生を叶えたい」

「……桂珠」

「当主の立場が、とても重くて大切なものだってことはわかってる。だからお互いに譲歩しよう。神託のとおり、オレがセリオスの伴侶になってあげる。ずっと傍にいて、力に

なって、支えてあげる。だからセリオスは、ふたりきりでいるときだけでいいから、オレだけの銀狼になって」

「……それは本気か？」

「本気だよ。あの満月の夜に、オレの本能は運命の相手と出会った。もう意地を張ったって仕方がないんだ。本能には逆らえないんだから」

「桂珠っ！」

覆いかぶさってきたセリオスの腕が、桂珠を強く抱きしめた。

「ずっと……あなたが好きだと言いたかった。覚えているか、初めて会った満月の夜を」

セリオスは桂珠の首筋に顔を寄せ、うっとりと匂いを嗅いだ。

「この匂いだ。たまらなく惹かれて林のなかを探してみれば、愛らしい半変化の狼が、草の上に横たわっていた。許しを請うのも忘れて触れてみたら、魂が震えた。生涯の伴侶があなたで、どれだけ喜んで、どれだけ苦悩したかわかるか？」

「セリオス……」

「あなたでなければ、添い遂げようとは思わなかった」

セリオスは桂珠のこめかみと頬にキスをした。

「あなたが愛しい」

「……なんだ、セリオスも、ちゃんとオレを好きでいてくれたのか」

神託で選ばれた相手だからではなく、月待桂珠だから選んでくれたのなら。

桂珠が拘っていた婚姻への価値観が、じつはセリオスも同じだったのだとわかれば、あれほど頑なに拒むこともなかったのに。

「最初からそう言ってくれればよかったのに」

「すまない。自分の気持ちを抑えるのは、習慣みたいなものだ」

「習慣？　なんでまた、そんな……」

そんな窮屈なまねをしているのかと不思議に思ったが、桂珠はすぐに理由を察した。

「次代の一族を担う者が、我がままでは許されない」

そうだ、セリオスは天狼族のプリンスなのだ。

「ずっとそうやって、いろんなことを我慢してきたの？」

問いかけると、セリオスは考えるように視線を彷徨わせた。

「……どうだろうな。もうそれが当たり前だったから、特に我慢していると意識したことはないが」

きっと次代の当主らしくあれと言われて育ち、周囲からも期待されてきたのだろう。

幸か不幸かセリオスは、期待に応えられるだけの実力を持っていた。

当主らしい自分でいようとするうちに、いつの間にか、どこまでが本当の自分かわからなくなってしまったのかもしれないと、桂珠は勝手に想像した。

「そっか。プリンスって大変なんだね」

桂珠はそう呟くと、セリオスの頭を抱えて自分の胸に引き寄せた。

「……桂珠……?」

「なんだか、ぎゅっと抱きしめて、お疲れさまって言ってあげたい気分」

柔らかな手触りのプラチナブロンドの髪を撫でると、セリオスの身体がゆっくりと弛緩していくのがわかる。

セリオスの重みを胸に受けとめ、そのまま髪を撫で続けていると、

「……あなただけだ」

胸の上で顔を上げたセリオスが、ベッドに膝を乗り上げてきた。

狭いシングルベッドに新たな重さが加わって、ギシリと音が鳴る。

「あなたのことだけは別だった」

「えっ？」

「伴侶候補のひとりとして存在を知ってから、なぜか気になって仕方がなかった。この気持ちがなんなのか確かめたくて、一番初めに会いに来た」

腹に掛けていた毛布が、床に落とされる。

「会ってみて、どうだった？」

「こんなに心惹かれる存在が、この世にいるなんて知らなかった」

胸から桂珠の身体を浮かせたセリオスの顔が、ゆっくりと近づいてくる。

桂珠の視線は自然とセリオスの唇に引きつけられた。

あの唇に触れられる心地よさを、自分はもう知っている。

息が触れる距離まで近づいたら、期待と恥ずかしさで胸がドキドキし始めて、つい言わずにはいられなくなった。

「あのっ、大牙さんに、大人しくしていろって言われたけど……」

「その唇で他の男の名前を呼ぶな」

「でもっ……」

「いまさら我慢できるか」

最後の躊躇《ためら》いは、熱いキスで溶かされた。

拒んだところで、もうすでにベッドの上だ。

それに欲しい気持ちは桂珠も同じだった。

冷静で賢い次期当主の顔をやめたセリオスが、シャツの裾《すそ》をめくる。

手当てをされる前に汚れをおとした桂珠の肌は、熱を持ってほんのりと色づいていた。

「少し熱いな。もしや、熱があがったのか？」

桂珠の額や首筋に手のひらをあてて、体温を確かめる。

「初めて変化を経験した影響かもしれないな。……かなり不本意だが、大牙を呼んで診てもらうか？」

冷静な顔に逆戻りして考え込むセリオスの、意外に心配性な一面を見て、桂珠は小さく微笑んだ。

「それじゃあ、今夜はやめておく？」

できるものならと、試す気持ちも込めて言うと、返事の代わりに濃厚なキスをされた。

いつの間にか手際よく服も脱がされていて、桂珠のしなやかな身体がセリオスの前であらわにされる。

素肌を重ね、互いの匂いに包まれていると、それだけで胸が高鳴り、じんわりとした心地よさを感じた。

「不思議だな」

「……なにが？」

「一秒でも早くすべてを奪ってしまいたいと心が逸《はや》るのに、この肌に触れていると、不思議と安心する」

そう言ってセリオスは桂珠の胸に頬をすり寄せ、軽く啄む。

「この白い肌は俺のもの。俺だけのもの。それでいいんだな？」

確かめるまなざしは、桂珠の心の底まで見通すかのように鋭く、それでいて真摯で熱いものだ。

「それは……」

あらためて口に出そうとすると、顔が熱くなるほど恥ずかしい。

けれども桂珠は、ここで本音を言わなくてどこで言うのだと、それだけを勇気に想いを声にした。

「いいよ。セリオスのものだから、全部セリオスにあげる」

「……っ」

声にならない呻きを上げたセリオスは、桂珠の胸に手を這わせ、小さく色づいたものに舌を寄せてきた。

他人に初めて触れられて、舐めたりかまれたりするたびに、背筋がぞくぞくする不思議な感覚に桂珠は戸惑う。

セリオスの手のひらは、唇は、桂珠の全身を丁寧にたどり、そしてまっさらな身体に少しずつ快楽を与え、丹念に溶かし、強張りをほどいていく。

全く経験のない桂珠はセリオスのなすがままだった。

身体中、触れられていない場所はどこもないというほどすべて暴かれたころ。

「身体、起こせるか？」

うつ伏せになった桂珠は、腰だけを高く上げた獣の姿勢を取らされた。

割り開いた足の間にセリオスの身体が入るのがわかって、桂珠は赤くなった顔で背後を振り返る。これでは本当に獣の交わりだ。

「セリオスっ」

後ろの固く閉ざされた部分に指で触れられて、桂珠は羞恥《しゅうち》に顔を伏せた。

そこを使うのだという知識はあったけれど、こんなに恥ずかしいものだったとは。

「どうか楽にしていてくれ」

「でも……っ」

「俺もあまり余裕がないんだ」

少し掠れたセリオスの声に、ぞくりと背筋が震える。

「……わかった」

桂珠は頷くと、セリオスの言うとおりに身体から力を抜き、奇妙な異物感と恥ずかしさに耐え続けた。

どれくらいの時間、そうしていたのか。

いつの間にか蕩《とろ》けた後ろに、熱を持った硬いものがあてがわれる。

「痛むだろうが……悪い、無理をさせる」

それでもやめられないのだと、手のひらに腰をしっかりとつかまれ、うなじに押し当てられた額の熱さを感じながら、桂珠はセリオスの熱を受け入れた。

「ん……んっ……！」

「……桂珠…っ」

硬くて熱いものが、狭い場所を開きながら、信じられないほど奥まで進んでくる。

「……痛むか？」

耳元で訊かれて、桂珠は小さく首を横に振った。

覚悟していたようなひどい痛みはなかった。むしろセリオスに向かって素直に開いていく感覚に驚いているくらいだ。

「……大丈夫。薬の……媚薬の、効果が、残ってたのかな」

浅い呼吸をしながら答えると、

「色気のないことを」

咎めるみたいに首筋を甘噛みされた。

「えっ……？」

「ふたりの相性がいいからだとは思わないのか？」

「相性……」

腰をゆらりと揺らされ、背筋を駆け抜けた、痺れに似た感覚に桂珠は息をのむ。

「初めてキスをしたときから、あなたもわかっていただろう」

ふたりでなら、運命の相手同士でないと得られない快楽を知ることができると。

「セリオス…っ」

いつの間にか身体から力が抜けていて、おかげで受け入れたセリオスがなめらかに腰を動かし始める。

ゆっくりだった動きは次第に速くなり、敏感な内側を擦られ、かき混ぜられながら、全身を激しく揺さぶられる。

桂珠はただ目の前のシーツをつかんでかき乱すことしかできなかった。

心も身体も溶け合って、ひとつになる。

愛おしい、愛らしいとくり返すこの感覚は、セリオスのものだろうか。

ならば自分の胸に湧き上がる、セリオスへの想いも同じように伝わっているだろうか。

そう思っていると、腰をつかんでいたセリオスの手が背中をたどって胸の前へと移り、背中越しにぎゅっと抱きしめられた。

強く、とても強く。

快楽を紡ぎだす深いところを何度も突き上げられ、セリオスに追い上げられた桂珠は、快感に背をしならせながら、ついに高まった欲望を吐きだした。

絶頂の余韻に思考が霞むなか、身体のなかでセリオスも震えながら達したのがわかる。

「……桂珠」

愛していると、セリオスの声が聞こえた気がした。

呟いたつもりの返事は、ちゃんとセリオスに届いただろうか。

夜が更けてもセリオスの腕は離れることなく、桂珠は唯一の相手としか分かち合えない至福を心から味わったのだった。

銀狼王子の許嫁
～あなたと誓う満月の夜～

ふいにセリオスから言われた言葉に、桂珠《けいじゅ》は大きな瞳を何度も瞬かせた。

聞き間違えたかと思ったが、そうではないらしい。

「それ……初耳なんだけど」

「言ったはずだ。城に帰れば慌ただしくなる。覚悟しておけと」

「それは聞いたよ。でも、婚姻の儀が明後日《あさって》だって話は聞いてない！」

桂珠は座っていたソファから勢いよく立ち上がると、隣にいるセリオスを見下ろした。

「そうだったか？」

不思議そうに首を傾げるセリオスに、悪びれた様子はない。

「今日の夜会であなたを親族にお披露目《ひろめ》し、明後日の夜に当主継承の儀と、伴侶を娶る婚姻の儀を執り行う。すべて決定事項だ」

「なに、その日程。明後日とか、急すぎるよ」

この国に到着して、まだほんの数時間だ。持ってきたスーツケースすら開いていない状況で、戸惑うなというほうが無理だろう。

「桂珠」

セリオスは戸惑う桂珠の手を握ると、宥めるように軽く振った。

「予定が早まったせいで、慌ただしくて悪いと思う。だが明後日は、十年に一度の特別な夜なのだ」

「……特別な夜？」

「ああ。月の輝きが最も強くなる夜だ。我ら天狼に力を与えてくれる。俺たちが結ばれるに最もふさわしいと、巫女が神託をうけた」

また神託なのか。当主の継承式だから、良き日に拘るのもわかるのだが。

「そんなに大事なことなら、ちゃんと教えてくれないと。オレだって心の準備とか、いろいろあるんだから」

「大丈夫だ。儀式の支度《したく》はすでに整っている。あなたはただ、俺の隣で微笑んでいればいい。なにも心配はいらないから」

そう言うセリオスの尻尾が、ソファの上で機嫌がよさそうにゆらゆらと揺れている。

瞳を細めて優しく微笑まれるが、桂珠の気持ちを乱している不安の理由は、支度のことだけではなかった。

「そういうことじゃなくて……」

どう言えば伝わるのだろうと、もどかしい気持ちで言葉を探していると、

「お寛ぎのところ、失礼いたします。セリオス様、月待様《つきまち》の衣裳をお持ちしました」

ドアをノックする音とともに、廊下から女性の控えめな声が聞こえてくる。

桂珠は俄《にわ》かに緊張しながら口をつぐんだ。

「入れ」

セリオスが入室を許可すると、城で働く侍女が部屋に入ってきた。

三人とも丈の長い紺色のワンピースに白いエプロンをつけ、それぞれサイズの異なる紙の箱を抱えている。

「ご苦労。着つけも頼む」

「お支度は、客間ではなくこちらのお部屋でなさいますか？」

「ああ」

「承知いたしました」

侍女たちは深々とお辞儀をすると、持っていた箱をテーブルの上に下ろしてなにやら準備を始めた。

「……なに？」

「あなたの今宵の衣装だ」

「さっき言ってた、夜会の？」

「ああ。今宵の目的は、近しい親族の前で、正式に俺の伴侶を選ぶことだが、神託で選ばれた伴侶候補は、皆が同じ衣装を身につけて出席するのが習わしなのだ」

決まりごとがいろいろあって大変だと、まだ他人事のような気分で、てきぱきとよく動く侍女たちを眺めていた桂珠は、ふと目を見張る。

一番年かさの侍女が箱から取り出したのは、シルクの光沢が美しい、丈の長い衣装だった。裾がひらりと揺れるそれは、まるでドレスのように見える。

「あれ、オレの衣装だって言ったよね。オレはドレスなんて着ないよ」

まさか本番はウエディングドレスを着せられるのだろうかと桂珠は焦《あせ》った。

儀式はすべてこちらの流儀で行われるため、準備はセリオスに任せてしまっている。

「あれはドレスではない。性別の区別がない衣装なので、あなたが着てもなにもおかしくはない」

公《おおやけ》の場では天狼族もスーツやタキシードを着用するが、儀式ともなると、古来より伝わる衣装が正装となる。セリオスも出席する親族も、夜会へは同じく裾が踝《くるぶし》まである長い上着をまとって出席するのだそうだ。

「あなたを迎えに行くと決めた日に、誂《あつら》えるよう手配したものだ」

「……セリオス」

なんとしても桂珠にイエスと言わせて、ここへつれて帰るつもりだったのだと、セリオスは桂珠の手を握ったまま言う。

「ようやく、あなたは俺のものだと皆に宣言できる」

そうして握った指を口元へ引き寄せ、音を立ててキスをした。

今夜、桂珠は正式にセリオスの許嫁となるのだ。


新たな年が明け、次第に寒さが和らいできたころ。

桂珠は日本から遠い北の国へと旅立った。

セリオスは一日も早い帰国を望んでいたが、桂珠はどうしても一年生の教育課程を修了するまでは学園を離れられないと言って譲らなかった。

なんならセリオスだけ先に戻るよう提案したのだが、桂珠も一緒でなければだめだと、こちらも譲らない。

終業式を終えたその日に、桂珠は黒刀や三國に別れを告げ、学園を退学した。友人たちと遠く離れる寂しさはもちろんあったが、きっとまた会える。なによりいまはセリオスの伴侶としての第一歩を踏みだす喜びと不安で胸がいっぱいだった。

初めて経験する国際線の空の旅は、レイがよい座席を手配してくれたおかげで、それほど窮屈な思いをすることもなく快適に過ごすことができた。

長旅の末にようやく空港に到着し、自動ドアから建物の外に出た桂珠は、冷えた外気に身を震わせた。

冬の名残《なごり》の寒さだ。天気にも恵まれず、空はどんよりと灰色に曇っている。

初めてこの国に降り立った日が曇り空だったことを、桂珠は少し残念に思った。

迎えの車に乗り込み、セリオスの家へと向かう途中、窓の外を眺めていた桂珠は無意識に呟いていた。

「……風景が白い」

空には厚く覆う雲が。そして道路沿いに建ち並ぶ建物や、遠くまで広がる平地には、まだ白い雪が残っている。

こちらは日本よりも春の訪れが遅いようだ。

「夏になれば、このあたりも豊かな緑におおわれ、牧歌的な風景へと変わる」

「そうなんだ」

寂しささえ感じる白い景色からは、長閑《のどか》な緑の風景をうまく想像できない。

これから自分が暮らす国なのに、まだ実感が湧かないまま、桂珠の胸中は、ずっとそわそわと落ち着かなかった。

ふたりを乗せた車は郊外に向かってひた走り、やがて真鍮《しんちゅう》製のクラシカルなフェンスで区切られた敷地へと入った。

門をくぐる際に軽い違和感を覚え、むずむずした頭に獣の耳が出てくる。獣人たちの領域である異界に入ったのだ。

低木が整然と並んだ前庭の中央を走り抜けた車は、つきあたりの大きなレンガ色の建物の前で停車した。

「……うわっ、お城だ」

車を降りた桂珠は、生まれて初めて見る西洋の城を見上げて息をのんだ。

赤茶色の壁に白い窓枠。高い塔の尖った屋根は緑色でアクセントになっている。

窓の数を数えると四階建てのようだが、斜めの屋根には張り出し窓があって、正確なところがわからない。

「ここがセリオスの家?」

「ああ、ナハトヴィーゼの本家だ」

城に住むという感覚が、もはや桂珠には理解しがたい。

ルネッサンス様式の古城だと教えられても、建築に関する知識がほとんどないので、ただ頷くだけだ。

セリオスにエスコートされて、城の正面の入り口に向かうと、

「お帰りなさいませ」

ずらりと並んだ大勢の人たちに、いっせいにお辞儀をされて桂珠は怯《ひる》んだ。

メイドの制服らしきワンピースやコック服。作業服に黒いスーツ。服装も年齢も様々だが、皆一様にセリオスへの敬意を示している。

「セリオス様、道中お疲れ様でした」

先に帰国していたレイも、同じように深々と頭を下げながら主《あるじ》の帰りを出迎えた。

「留守中は問題なかったか?」

「はい。万事つつがなく過ごしておりました」

穏やかに答えたレイは、桂珠に視線を移すと微笑んだ。

「月待様、ようこそいらっしゃいました。長旅でさぞお疲れでしょう」

「いえ、あの、お世話になります」

桂珠は緊張しながら挨拶をした。

「しばらく休む。あとは頼んだ」

レイに言い置いて、セリオスは桂珠の手を取ると城内へ入った。

「承知しました。月待様のための客間も、支度が整っております」

「客間？　俺の部屋でもかまわないが」

「それでは月待様のお立場がありません。儀式が終わるまでは、ご辛抱くださいませ」

ただの恋人を家に招いたのとはわけが違う。あとほんの少しの間ではないですかと諫《いさ》められ、

「……わかった」

セリオスは不満を残していたようだが、表情には出さずに足を速めた。

初めて城内に足を踏み入れた感想は、とにかく「広い！　大きい！　綺麗！」だった。

レンガ色の外見とはまた印象が違って、内装は大理石の床と白塗りの壁で、明るさと開放感が心地いい。

広いエントランスホールは、吹き抜けで天井が高いのに、空気がちゃんと暖かい。

着ていたコートを脱ぐように促され、侍女に手渡すと、いつの間にか持ってきた荷物も代わりの手に運ばれていた。

壁に絵画がかけられた正面の廊下を進んで、階段を上がる。

テレビやネットの画像で見覚えがあるどこかの宮殿ように、華美な調度品がところ狭しと並んでいたり、天井に宗教的な絵画が描かれていたり、柱に天使の彫刻がほどこされていたりするわけではないが、やはり豪華な雰囲気がある。

外見は歴史の趣を感じさせるが、内部の居住部分にはその時々で手が加えられ、現代人が住みやすいように改装してあるそうだ。

三階の端へと進んで、裏庭に面した見晴らしの良い部屋に案内された。

勧められたソファセットに座りながら訊ねると、ここはセリオス専用の居間なのだと教えられた。

個人専用の居間があって、しかも三十畳はあろうかという広さには、もうため息しかでない。

学園に入るまで住んでいた、ごく庶民的な一軒家とは、なにもかもが桁違いに高級な環境を目の当たりにして、セリオスは天狼族のプリンスと呼ばれる男なのだと、あらためて思い知る気がした。


夜会の開宴時間が近づいてきたころ。

侍女たちの手を借りて身支度を整えた桂珠は、会場となる大広間の近くに用意された控え室まで移動した。しばらくはセリオスと別行動になる。

「時間まで、こちらでお待ちください」

案内してくれた侍女に促されて、室内に入る。

広い部屋のなかにはソファセットがいくつか配置されていて、一番奥の席に、桂珠と同じ白い衣装を着た少女がひとりで座っていた。彼女は茶褐色《ちゃかっしょく》の獣耳と、毛並みの美しい尻尾を持っている。

伴侶候補に選ばれたのは、桂珠の他に三人いて、すべて女性だとレイから聞いている。

そのうちのひとりは、桂珠が拉致された去年の事件の首謀者だった両親と共に謹慎処分を受けており、残りの二名が出席する予定だった。

きっと彼女はそのどちらかなのだろう。

「あの……」

こちらを向いた少女と目が合ったので、とりあえず挨拶をしようと歩み寄ると、いきなり睨《にら》むような視線で拒絶された。

不覚にも桂珠は怯んだ。これほどあからさまな敵意を向けられるとは思いもよらなかったのだ。

「あなたが日本から来た伴侶候補ね。セリオス様が選んだ、男の許嫁」

言い方に棘があるのも気になったが、誤魔化す必要もないので桂珠は頷いた。

「まったく、最悪だわ。選ばれないとわかっていて夜会に出なければならない私が、どれだけの屈辱を感じているか、あなたにわかる？」

「それは、オレに言われても困るんだけど」

桂珠の返事が気に入らなかったのか、少女は顔をひきつらせながら大声を上げた。

「なによ！　あんたなんか、セリオス様のことをなにも知らないくせに！」

少女はセリオスの従姉妹にあたり、つき合いもそれだけ近かったのだそうだ。

神託で候補に選ばれた時は、一族のなかでも本命だと言われていたらしい。

「それなのに、なんであんたみたいなのが伴侶に選ばれるのよ！」

甲高い叫び声をぶつけられて、桂珠がなにも言い返せないでいると、

「まあまあ、落ち着いて、クイン」

いつの間に増えていたのか、同じ衣装を着たもうひとりの少女が、ふたりを取り成すように間に入ってきた。

「……メリル」

メリルと呼ばれた、濃茶色の獣耳と尻尾を持つ少女は、茶器の載ったトレイを持っておっとりと微笑んでいる。

「クインもあなたも、一緒にお茶にしましょう」

メリルはテーブルにトレイを置くと、のんきにお茶の用意を始めた。

その朗らかな雰囲気に、桂珠は心のなかで助かったと思う。

「はい、どうぞ」

さし出された白いティーカップとソーサーを受け取る。

「ありがとう」

温かな湯気がたちのぼるお茶に顔を近づけると、変わった匂いがした。

苦手な匂いだったが、飲み慣れてないからそう感じるのかもしれないし、ここでいらないと断ったらますますクインが怒るだろう。

桂珠は覚悟を決めてカップに口をつけた。

お茶を一口含んだとたん、きつい刺激臭が喉に突き刺さり、尻尾の毛が、ぶわっと逆立ってふくらむ。

激しくむせた桂珠は、たまらずティーカップを放りだし、喉に手を当てて咳き込んだ。

このお茶は、なにかおかしい。

「あらあら、どうしました?」

「まったく、無作法な人ねえ」

クインの高らかな笑い声と、メリルのくすくすと笑う声が重なる。

「化粧室ならあちらですよ」

控え室の隅を指さしてメリルが教えてくれる。

お茶の詮索は後回しだ。とにかくうがいをしたくて化粧室に向かうと、

「うわっ!」

今度は衣装の裾を強く引っ張られて、膝から転んだ。

板敷の床に手をついて振り向くと、桂珠の衣装の裾をメリルの靴が踏んでいる。

「あら失礼。あなたもお気をつけあそばせ」

「メリルったら、ひどーい」

「まあ、わたくし、なにかしたかしら」

にっこりと微笑んでいるのに、その瞳は少しも笑っていなかった。

メリルは確信犯だ。最初から桂珠に嫌がらせをするつもりで、刺激物が混入しているお茶まで用意したのだ。

こんな仕打ちをされて黙っていられるほど大人しい桂珠ではないが、いまはそれどころではない。

喉の痛みをなんとかするのが最優先だが、ここでは安心できないので控え室から廊下に出た。

誰かに助けを求めたい。だが桂珠は誰にも声をかけることができなかった。

この城にいる者で桂珠が知っているのは、セリオスとレイのふたりだけだ。

だからどこの誰がメリルやクインとつながりのある者かもわからない。

この城で働く皆は、とても丁寧な態度で接してくれるけれど、その笑顔の下ではメリルたちと同じことを考えているのかもしれないと思うと怖くなった。

すれ違う侍女が、怪訝《けげん》な視線を向けてくる。

声をかけられないように目を背けて桂珠は歩き続けた。

いくつもドアが並ぶ廊下をひたすら進んでいると、正面からこちらへやって来た男に、やんわりと行く手をふさがれた。

「月待様、どうされましたか？」

男はレイと同じ黒いスーツを着て、腰まである長い灰色の髪をうなじでひとつに束ねている。年齢はセリオスより少し上くらいだろうか。目鼻立ちのはっきりした、なかなかの男前だった。

「具合がよくないようですね。レストルームにご案内しましょう」

異変に気づいて声をかけてくれたようだが、桂珠は警戒して首を横に振った。

「……大丈夫です」

平静を装って答えたが、小さく掠れた声しかでなくて動揺する。

お茶に混じっていたものが変な薬品だったらどうしようと、ますます怖くなってきた。

早く自分の部屋へ戻って喉の状態を確かめたい。そう思うのに、

「こちらは本日使われておりません。ひとまず中へ」

フォルと名乗った灰色の髪の男に、近くの部屋へ導かれた。そこは先ほどの控え室と同じ作りで、奥に清潔そうなレストルームがある。

完全に警戒が解けたわけではないが、桂珠は洗面台に駆け寄ると、水を出してうがいをした。

何度も口の中をゆすいでさっぱりしたけれど、喉の痛みは残っている。

「喉が痛むのですね。こちらで少々お待ちください」

フォルはそう言うと、静かにレストルームを出て行った。

ひとりになっても冷たい水でうがいを続けたが、痛みは治まらず、途方に暮れた桂珠はレストルームの壁際にある椅子に力なく座った。

気持ちが重く沈んで、椅子の上で膝を抱え、その上に顔を伏せる。

日本を飛び立ち、ファーストクラスの座席に座ったときから、意識しないまま胸のなか

に降り積もっていたものがあふれだして胸が苦しい。

覚悟したつもりでいたけれど、本当はまったく覚悟などできていなかった。

自分はなにもわかっていなかったのだと思い知った。

セリオスを取り巻く環境は、桂珠の想像以上のすごさだった。自分が生きてきたなかで見聞きしてきた一般常識と、なにもかもが違いすぎだった。

高価で贅沢な座席。見慣れぬ白い風景の国。見上げるほど大きくて優美な城。広く豪華な部屋。仕える人の数。着たこともない衣装。常に誰かが傍に控えていること。他人に世話をされるのが当たり前であること。

そんななにもかもに違和感がつきまとい、少しもなじめない。

足元は覚束ないし、いまここに自分が存在しているという感覚すら薄い。

セリオスのことが好き。だから彼を助ける力になりたい。

ただそれだけの想いでここまで来た桂珠は、自分を見失っていた。

もっとうまくやれるような気がしていたのに、それはなんの根拠もない自信だったのだ。

ひとりで膝を抱えていると、

「月待様、お待たせしました。ひとまずこちらへどうぞ」

レストルームの外から声をかけられる。フォルが戻ってきたようだ。

ずっとここに隠れていたかったけれど、それが無理なことはわかっていた。

膝から顔を上げた桂珠は、タオルを手に持ってレストルームを出た。

控え室のテーブルには、水差しやグラスや、小さな箱がいろいろと載ったトレイが置かれていた。

「こちらはミネラルウォーターです。痛み止めの薬と、塗り薬を用意しました。アレルギーの有無は事前に伺っているので、問題のないものを選んであります。温かいものがよければ白湯《さゆ》をお持ちしますが、いかがしますか?」

細やかな心遣いを示されて、桂珠はまじまじとフォルを見た。

「あなたは……」

「ああ、申し遅れました。俺は月待様のお世話をするよう言いつかった者です。もっと早くお傍に控えていたら、月待様に嫌な想いをさせたりしなかったのに、行き届かなくて申し訳ありません」

フォルは沈んだ表情で、淡い紫色の瞳を伏せる。

彼は桂珠の不調の原因が控え室で起こったことだと察しているようだ。

レイが手配してくれた者だと知って、警戒心が少し和らいだ桂珠は、受け取ったミネラルウォーターを一口飲んだ。

常温の水は喉に優しく、おかげで痛みが少し治まった気がする。

桂珠は手のひらで喉元をさすった。

声や歌を媒体に相手に作用する能力を持つ桂珠だが、その能力は自分自身には効果がない。セリオスの傷を癒すことはできても、自分の傷は癒せないのだ。

つくづく不便な能力だと思う。

「……情けないな」

ぽつりと呟くと、声はさっきよりもましに出るようになっていた。

「女の子にいじめられて、落ち込んでるなんてね」

「月待様」

鎮痛効果のある錠剤を用意していたフォルが、手を止めて桂珠の顔を見た。

「いままで、オレのまわりにあんな子はほとんどいなかったから、びっくりした」

雄が自分の優位性を示すために力をひけらかすのとはわけが違う。

彼女たちが桂珠に向けた悪意は、もっと陰湿なものだった。

「オレがセリオスの伴侶になるのを、望んでいない人たちがいるのは知ってた。でもさっき、彼女たちと会って……ものすごく実感した」

日本にいるときも、さらわれて危ない目にあったけれど、あの女は命令で動いていただけだ。

あの時の黒幕は、伴侶候補に選ばれていた三人目の少女の両親で、いまは娘共々、異界の外にある自宅で謹慎中だと聞いている。

ナハトヴィーゼの本家に近い親族のため、処分の決定は事がすべて終わってからになるのだと、レイが申し訳なさそうに言っていた。

実力行使で排除しようとする者や、嫌がらせを考える者がいるなかで、桂珠のことを望んでくれている人は、いったいどれくらいいるのだろう。

「……本当に、オレでよかったのかな」

いつも心のどこかにあった言葉が、とうとう声になってしまった。

「月待様」

桂珠の前に膝をついたフォルが、まっすぐな目で見つめてきた。

「お顔を上げてください。あなたはセリオス様が選んだお方です。あなたがご自分を否定なさるのは、セリオスのお心を否定するのと同じではないでしょうか」

「……フォル」

選んでくれたセリオスの想いを信じていないわけではない。

セリオスの伴侶は自分以外にありえないと、言い張れるだけの自信がないのだ。

「それにあなたは、神託で選ばれたという揺るぎない証がある。それはあなたの自信にはなりませんか？」

「神託か。……それが一番、やっかいなんだよね」

桂珠はため息をこぼした。

「月待様」

「ああ、ごめん。あなたたちにとって神託は、逆らうのがためらわれるほど尊いものなんだよね。やっかいだって言ったのは、悪い意味じゃないよ」

「……というと？」

「たぶん知っているだろうけど、オレは遠い異国で生まれ育ったんだ。天狼族と名乗っているけれど、天狼神の存在も巫女のことも知らなかった。一族の歴史も、儀式のことも、しきたりも、なにひとつわからない。そんなオレが、どうしてこんな重要な役目に選ばれたんだろうって、いまになっても、まだ考えてしまうんだ」

不思議でならないのだと言うと、フォルは小さく首を傾げた。

「選ばれなければよかったと、思っていますか？」

「それは……」

桂珠は無意識に胸に手を当てて考えた。

まったく思わないわけではない。神託で選ばれなければ、こんな重い役目を背負うことも、面倒な想いをすることもなかった。けれども選ばれなければ、セリオスとは出会えなかったかもしれない。

この胸を揺り動かし、心を蕩かせた、ただひとりの相手。

愛していると何度もささやき、この身を熱烈に欲してくれる、愛しい男。

セリオスのいない人生は、もう考えられない。そんな運命すら見越したうえでの神託なのだとしたら……。

「選ばれてよかったと思う」

セリオスの傍にいられるから。

そう答えると、フォルはなぜか安心したように顔をほころばせた。

「ならば、あなたは胸を張ってセリオス様の隣にいればよいのです」

「えっ？」

「伴侶にふさわしいその力を示し、一族にとっての満月のように輝き続けていれば、いまにあなたを傷つけようとする者などいなくなるでしょう」

「……フォル」

「生まれた国を遠く離れて、ここまで来たのです。あとはあなた次第ですよ」

状況を変えるのは自分の行動ひとつ。動かなければなにも変わらない。

「さあ、そろそろお時間です。大広間へ来ていただけますか？」

立ち上がったフォルに、手を差しだされる。

このままここに引き籠って、ずっと悩んでいじけているか。それとも明日への一歩を踏み出すのか。

選ぶのは自分自身なのだ。

「行きます」

桂珠はまっすぐに前を向いて立ち上がった。

夜会の本番は、気力で乗り切った。

名前を呼ばれてセリオスの隣に立ち、正式に許嫁となった祝福を受ける。

メリルとクインが自席で含み笑いを浮かべていたけれど、桂珠は綺麗に無視をした。

スピーチの必要がなかったのが救いだった。

喉の痛みなど誰にも気取られないよう、桂珠は最後まで微笑んでみせた。

夜会が終わったあと、セリオスから共に過ごすことを望まれたが、

『旅の疲れもあるので、早く休みたい』

桂珠はそう言って、用意された客間に籠った。

とにかく余計なことはなにも考えないで眠りたかった。悪意にさらされて荒れた気持ちを、寝ている間に静めたかった。

ベッドに横たわり、じっと目を閉じていると、いつの間にか眠っていたようだ。

翌日の朝には、フォルがくれた薬が効いたようで、喉の痛みはだいぶ治まっていた。

それだけで気分が少しだけ浮上していた。

あとは自分の気持ち次第だ。行動しなければなにも変わらない。

桂珠を望まない者も大勢参列するだろう明日の婚姻の儀に、どんな覚悟で臨めばいいだろうか。桂珠はずっと考えていた。

「……ですから継承の儀の間、月待様は……」

なめらかに語っていたレイの声が途切れる。

軽い咳払いをされて、桂珠はようやく我に返った。

「あっ……」

「月待様、私の説明は耳に入っていますか?」

「ごめんなさい」

明日の儀式の手順を説明してくれるのに、つい別のことを考えていた。

「気分がすぐれないようですね。残りはしばらく休憩してからにしましょう」

レイは穏やかに微笑むと、お茶のおかわりをティーカップに注いでくれた。

優しくされると心苦しくなるのは、レイには昨夜の控え室での出来事を知らせていないからだ。

彼女たちにされたことを許す気持ちにはなれないが、レイやセリオスに話すのは告げ口をするようで嫌だったのだ。もちろんフォルにも口止めを頼んでいる。

これは桂珠が自分で乗り越えなくてはならない問題だった。

「訊いてもいいかな？」

「私に答えられることでしたら、なんなりと」

「オレがセリオスの伴侶になるのを、おもしろくないと思っている人たちは、どれくらいいるの？」

「月待様…っ」

質問が真っ直ぐすぎたようで、レイが珍しく動揺している。

じっと見つめ合ううちに、桂珠の真剣な気持ちが伝わったのだろう。レイは小さくため息をついた。

「月待様がご心配なさるほどではありません」

「気遣ってくれてありがとう。でも、オレは本当のことが知りたいんだ」

「……確かに、本家の親戚筋には、いまだに快く思っていない者もおります。私も、最初は月待様が伴侶候補でいることすら反対でした」

レイは思いだすといいたたまれない様子で話してくれた。

調査報告書の内容でしか桂珠を知らなかったころのことで、場合によっては妨害も辞さない覚悟で、セリオスについて学園までやってきたのだと。

「ですが初めて変化された月待様を見て、私は確信しました。セリオス様の伴侶は、月待様をおいて他にいないと。ですから反対派の連中には、月待様のお力を見せつけてやればよいのです。すぐに大人しく黙ることでしょう」

レイがなかなかに強《したた》かな顔を見せる。

やはり周囲の桂珠を見る目は、自分で行動して変えていかねばならないようだ。どうすればいいのか、具体的にはなにもわからないのだけれど。

「昨夜はもしや、それを気にされていたのですか？」

「えっ？」

「セリオス様が、さびしがっておいででしたよ」

夜会のあと、桂珠がすぐに客間に引き籠ったことを言っているらしい。

「うん。まあ……ね」

「月待様、なにか思い悩むことがあれば、セリオス様に相談なさってください。セリオス様ならきっと、一緒に考えて答えを探してくださるはずです」

「でも、セリオスはこれから当主になるんだ。もっと忙しくなるのに、なんでも話して煩わせるわけにはいかないよ」

「それは……そうですが……」

そのセリオスは、朝食を終えて早々に出かけている。

明日の儀式に参列する来賓の接待を兼ねた昼食会や、挨拶まわりの予定が目白押しで、終日戻って来られないそうだ。

本来なら桂珠を伴う予定だったが、明日のために体調を整えることを優先して、セリオスの部屋で休んでいるように言われていた。

セリオスの広い部屋は明るく、暖房もほどよくきいているのに、主がいないだけでどこか寒さを感じる。

桂珠は椅子から立ち上がって窓辺に寄ると、外の景色を眺めた。

窓から見下ろした裏庭のその先は、果樹園や森が遠くまで続いている。

「用事を片づけてきます。月待様は寛いでいてください」

ひとりで考えたい桂珠の気持ちを察してくれたのだろう。気を利かせてくれたレイが、静かに部屋を出て行った。

「オレも、ちょっと頭を冷やしてこよう」

外の空気が吸いたくなって、桂珠は客間に戻ると厚手のコートを羽織った。

城には大勢の人が仕えているはずなのに、陽が傾き始めたうす暗い廊下に人気はなく、とても静かだ。

一階に下りると、偶然にもまたフォルと出くわした。

「月待様、どちらへおでかけですか？」

「裏庭へ。少し散歩がしたくなって。でも、勝手に出歩いたら怒られるかな」

セリオスには部屋で大人しくしているように言われている。

迷いながら言うと、フォルは、くすっと笑った。

「いいえ。月待様のなさりたいように。裏庭でしたら、こちらからどうぞ」

案内してくれた部屋の掃出し窓は、裏庭に直接下りられるテラスへとつながっていた。

「では、行ってらっしゃいませ」

「ありがとう。行ってきます」

ガラス扉から外に出て、低木が綺麗に手入れをされている庭の小路を歩く。

城の周囲には、美しい庭園のほかに深い森や湖もあるそうだ。

森の常緑樹は雪の残る景色のなかでも落ち着いた緑をたたえている。

強く興味を引かれた桂珠は、近場の散歩ではなく、森の近くまで足を延ばしてみることにした。

空と大地と水と緑。同じものが日本にもあるのに、やはり違う。

それは樹木の種類や水質といった単純な違いではなく、もっと感覚的なものだ。

異国の匂いを胸いっぱいに吸いこみ、空を見上げると、桂珠の心に郷愁がよぎる。

日本を発って、まだほんの数日なのに、

「帰りたいな」

本音がぽろりとこぼれた。

穏やかだった学園の日々に、戻れるものならいまからでも戻りたいと思う。

難しい数学の課題とか、苦手な特殊能力の実技とか、投げだしたいこともいろいろあったけれど、友人たちと過ごす毎日は充実していたし、とても楽しかった。

「でも……帰れないよなぁ」

戻りたいと思っても、セリオスがいない場所には行けないし、行きたくない。

セリオスから離れられないのならば、自分はもっと覚悟を決めてここで生きていくしかないのだ。たとえ一族の人たちに歓迎されていなくても、悪意を向けられたとしても。

それがどんなに辛くても、セリオスの愛情を信じて、伴侶の座に居座るしかないのだ。

たどり着いた答えは、途方もなく険しい道のりで、桂珠は深いため息をついた。

『あなたはただ、俺の隣で微笑んでいればいい』

セリオスは昨日、桂珠に向かってそう言った。

あのときは急展開な予定を知らされて動揺していたこともあり、にこにこと笑っている以外の働きは期待していないという意味だろうかと、素直に受け止められなかった。

ただ微笑むということが、どれだけ大変なことなのか、桂珠は知らなかったのだ。

この城で過ごした時間はまだ短いが、その間に、自分が笑ったことはあっただろうか。

桂珠は自分の頬に両手を添えると、口角をむりやり上へ持ち上げてみた。

「笑っていろって言われたのに……」

いまの自分には、セリオスの望みを叶えることは難しい。

『あとはあなた次第ですよ』

はげましてくれたフォルの言葉が蘇える。

状況を変えるのは自分の行動ひとつ。動かなければなにも変わらない。

そうだとすると、自分はセリオスの傍で微笑むために、なにをすればいいのだろう。ナハトヴィーゼの一員として、この地に確かな居場所を作るには、どうすればいいのだろう。

考えてもなかなか答えは見つからず、ひたすら森への小道を進んでいると、ふと強い気配を感じて桂珠は顔を上げた。

冷えた風を切り、大地を蹴る速い足音が背後から迫ってくる。

その剣呑な気配に胸騒ぎを覚えた桂珠は、とっさに近くの木陰に向かって駆けだした。

だがそれよりも早く、目前に銀色の光が素早く回り込んでくる。

「わ…っ！」

光の正体をよく見れば、見覚えのある銀色の狼だった。銀狼は尖った空気をまとったまま、低い唸り声をあげた。

『どこへ行く』

「どこって、そこまで……」

満月前夜の月光をあびた銀狼は、瞳も金色に煌めいている。

その姿を見て、いつの間にか辺りがすっかり暗くなっていることに気づいた。

『逃げるつもりか？』

「えっ？」

なにを言っているのか、銀狼と目線を合わせようと、その場に膝を折ってしゃがむと、

「うわっ！」

いきなり前足で肩を押され、桂珠はうしろへ尻餅をついた。起き上がろうとすると、なぜか腹の上に足を乗せられて押さえつけられる。

「セリオスっ？」

『俺から逃げるつもりか』

「いったいなんの話……って、うわっ」

桂珠のコートのなかに顔を突っ込んだ銀狼が、下に着ていたセーターの裾を鼻先にひっかけてたくし上げた。

冷えた空気に素肌を晒されて、寒さに体が震える。

肌の匂いを嗅いでいた獣が、熱い舌で胸を舐めはじめたから桂珠は慌てた。

「えっ、ちょっと、セリオス⁉」

『誰が逃がすものか』

桂珠の抵抗を器用に封じ、好き勝手に肌を味わうと、次は器用にジーンズの前をくつろげていく。

「嘘…っ！」

とっさに押しのけようとしたけれど、銀狼の身体は重くてびくともしなかった。

すっかり陽が落ちたとはいえ、夜も天狼の活動時間だ。いつ誰が通りかかるかわからない野外なのに、桂珠は銀狼から一方的愛撫された。

下着のなかから取り出した感じやすい場所を、人形《ひとがた》のときよりも大きくてざらついた舌で容赦なく舐めあげられる。

ただでさえそこは弱いのに、焦《じ》らしもせずに追いあげられ、桂珠はあっけなく銀狼の口の中で限界を迎えた。

残っていた理性で、甘い声がもれないように喉の奥で堪える。

地面に仰向けに寝転がったまま脱力した桂珠は、羞恥のあまり目元を腕で覆い隠した。

「……信じられない」

銀狼が身体の上から降りる気配はなく、唯一自由になる尻尾でとにかく相手を叩く。

「これ以上やったら、本当に許さないから！」

腕をどけて睨みつけると、いつの間にか変化を解いて人形に戻っていたセリオスが、怒ったような表情でこちらを見下ろしていた。

「なんでこんなことしたの？」

「あなたが逃げようとしたからだ」

「だから、逃げるってなに？　なんのことだかわからないんだけど！」

「……違うのか？」

セリオスの怒りが、ゆるゆると困惑した表情に変わる。

「場所を変えよう」

城の裏手にある湖の畔に、小さな館があるという。

城へ戻るよりそちらのほうが近いと、桂珠はセリオスに抱き上げられて運ばれた。

たどり着いた館は、桂珠にとっては充分に大きな館だった。

居間にあたる部屋のソファにセリオスが座り、横抱きにされていた桂珠は、そのまま膝の上へ乗せられる。

「誤解したことは謝る。だが、それならどうして黙って城を抜け出した。あなたは儀式を明日に控えた大切な身なのだぞ」

「それなんだけど……儀式を延期するわけにはいかないかな」

思いきって訊ねると、セリオスは無表情のまま、わずかに目を細めた。だが部屋の空気が、ひやりと冷たくなった気がする。

「……どういうことだ」

「それは……」

桂珠は日本を旅立ったときから感じてきたことをセリオスにうち明けた。

覚悟していたつもりで、本当はなにもわかっていなかったこと。

一族のなかに入ってみて、初めて知ったこと。

「この城にいる人たちにとって、オレは歓迎されない者で、主が連れてきたお客様だ。月待桂珠は、この地のどこにもちゃんと足を下ろして立てていない。そんなオレが当主の伴侶になるなんて、まだ早すぎると思う」

儀式を急ぐのは、特別な満月の夜だからだと聞いた。だが頼りない伴侶が生まれるほうが、よほど罪作りではないだろうか。

「一族のなかで自分はどうあるべきか。なにをすべきか。オレは自分でみつけて行動しなければならない」

「……だから、儀式を延期したいと？」

桂珠は頷いた。

「セリオスは言ったよね。俺の傍で微笑んでいればいいって。でも、ごめん。オレね、いまは全然笑えないんだ」

「……桂珠」

セリオスの指が桂珠の口元を撫でる。

「そうか。あなたにはちゃんと伝わっていなかったのだな。こうして愛しいあなたを腕に抱ける、それが俺にとっては奇跡だということを」

「奇跡……？」

「俺にとって伴侶とは、神託で選ばれ、なおかつ必要な条件を最も満たした相手のことだった。それがどんな相手だろうと、一族にとって大事だから娶る。余計な感情はいっさい存在しない。……そう考えるようになったきっかけは、俺の父親だった」

「ご両親の話は、聞いたことがなかった」

セリオスが新たな当主になるということは、現在の当主がいるはずだ。けれども一度も話題に上ったことがなかったので、なんとなく聞いてはいけないような気がしていた。

「俺が生まれたその夜に、ひとつの神託が下された。『その赤子が成人した暁には、一族の当主とせよ』その瞬間から、父親は俺を息子としてみなくなった」

セリオスの父親は、父親となった夜から人生観が変わったのだ。

先祖返りの息子は、誰の目から見ても明らかなほど優れた能力を秘めていた。比べてそれほど秀でた能力を持たなかったセリオスの父親は、陰で『先祖返りの息子が当主につくまでの繋ぎ』と呼ばれるようになり、プライドを傷つけられ、いつしか息子に敵意すら抱くようになった。

とうとうセリオスが十歳の時に乱心し、その咎を受けて、いまでもどことも知れない場所に蟄居《ちっきょ》させられている。

以降は巫女に補佐されながら、セリオスが当主の代行を務めてきたのだった。

「愛する人が傍にいる。あなたにとっては、たいしたことではないかもしれない。だが俺にとっては、愛する人が伴侶となるのはこの上もない僥倖《ぎょうこう》で、他にはたとえようもないほど幸福なのだと、どうか覚えていてくれ」

ただそこにいて、笑っていてくれるだけでいい。

それは言葉のままだったのだ。

「確かに、あなたにとってここの暮らしは、慣れることすら困難なのかもしれない。だが急ぐことはなにもない。無理をする必要もない。あなたは、あなたらしいペースで俺と同じ道を歩んでくれたらいい」

セリオスの言葉は優しいけれど、桂珠の不安は完全には消えなかった。

「でもオレは、一族のことも、しきたりもなにも知らないのに」

「これからひとつずつ覚えてくれればいい。たとえ覚えられなくても、あなたを助ける手はいくらでもある」

「特殊能力も不安定で、そんなに役に立たないかもしれない」

「あなたは俺の傷を癒してくれた。暴走したときも、ちゃんと静めてくれた。だが、あなたの手を煩わせることのないよう、俺も穏やかに過ごすように心がけよう」

「セリオスと知り合って、まだ一年もたってなくて、知らないことだって多いし」

「大切なことは、もう知っている」

「……大切なこと？」

「俺はあなたを愛している。あなたも同じ気持ちでいてくれている」

いつになく熱っぽい瞳でささやかれて、桂珠の頬が熱くなる。

「儀式を終えれば、あなたは名実共に俺のものになる。喜びのあまり気が急いて、あなたの気持ちを置いてきぼりにして悪かった」

セリオスが頬に優しいキスをしてくれる。

いつの間にかすれ違っていた気持ちが、ようやく隣に並んだような気がした。

「あなたは自分がどうあるべきか悩んでいたが、重要なのは、あなたがこの先はどうありたいか。そして俺にどうあってほしいかだと思う。答えに迷うときは、共に考えよう。他人同士が家族になるには、理解と歩み寄りが必要だというからな」

「オレは……ずっとセリオスの傍にいたい。ずっと愛し合っていたい。そして一族の人たちに認めてもらえるようになりたい。オレにもできることをして、セリオスや一族のみんなの力になりたい」

心に自然とわいてきた想いを口にすると、セリオスはめずらしく照れたように微笑んだ。

「ならば俺は、そんなあなたの力となろう。いつでも俺はあなたの味方だ」

「セリオス！」

愛する人に見守られながら季節を重ねたら、いつかなりたい自分になれるだろうか。

セリオスの背中をぎゅっと強く抱き返しながら、桂珠はふたりの幸福な未来へと想いを馳せた。

十年に一度おとずれるという、特別な満月の夜。

当主継承の儀と婚姻の儀は、城を囲む森のなかにある、湖の畔で行われた。

天空からは輝く月の光。地上では燭台《しょくだい》の蝋燭《ろうそく》に火が灯され、幽玄な雰囲気のなか、黒の長衣で正装したセリオスが、湖の中央にある小島へと橋を渡っていく。

桂珠は湖の畔に用意された貴賓席に座り、出番がくるまで継承式の様子を見守ることになっていた。

小島の中央には、複雑な紋様が表面に刻まれた古い祠《ほこら》がある。

高さは約二メートル、幅は一メートルほどある祠は、月の光に照らされ、ぼんやりと白く輝いていた。

レイに教わった話によると、あの祠は水晶の塊で、天狼族の始祖である天狼神を祀《まつ》っている場所なのだそうだ。

城のなかにも同じく天狼神を祀った部屋があるが、そちらはどちらかと言えば巫女のためのもので、特別な儀式はすべてこの湖の畔で行われる。

祠の前でセリオスを待っていた巫女が、天狼神からの言葉と祝福を伝えた。

先代から戻された金の鍵と銀の鍵が、セリオスへと譲られ、首に掛けられる。

一族の繁栄に尽力するというセリオスの誓いの言葉をもって儀式は終了し、ここに天狼族の新たな当主が誕生した。

その様子を見守っていた畔の貴賓席から感嘆の声があがり、桂珠のところにまで届く。

場は続いて婚姻の儀へと移った。

セリオスと対になる衣装で正装した桂珠は、レイに手を取られて立ち上がる。

緊張で膝が震えたが、それでも必死に顔を上げて前を向いた。

月光の加減で銀色に煌めく衣装を着た桂珠は、レイのエスコートで小島に架けられた橋の前まで歩いていく。

頷いたレイが、桂珠の手をそっと離す。

あとは自分ひとりでセリオスの元へと向かうのだ。

灯で飾られた橋の上を、長い衣の裾を踏まないように気遣いながら、桂珠はまっすぐ前へと顔を上げて堂々と渡りきった。

手をのばして迎えてくれたセリオスは、いつの間にか黒い上着を脱いで、桂珠と揃いの銀色の衣装に変わっていた。

衣装に映えるプラチナブロンドの髪も、月光をあびてきらきらと輝いている。

その姿は、うっとりと見惚れてしまうほどに美しかった。

桂珠を見下ろしたセリオスは、目を細めながら言う。

「……桂珠、綺麗だ」

つかんだ桂珠の手に唇を寄せ、それは愛しそうに啄む。

「おふたりとも、始めてよろしいですか？」

桂珠にとっては祖母くらいの年頃の巫女が、悪戯っぽく微笑んだ。

「はい」

「よろしく頼む」

「それでは……」

婚姻の儀は巫女の祝福の言葉から始まった。

続いてセリオスが誓いの言葉を述べ、桂珠もそれをくり返す。かしこまった言葉遣いに苦労したが、なんとか最後まで間違えずに唱えることができた。

「指環の交換をいたしましょう」

指輪を互いの薬指にはめるのは、近年で増えた習慣らしい。

セリオスが用意してくれたのは、細くてシンプルなデザインのプラチナの指輪だった。

ふたりの指に揃いの指輪がおさまると、儀式はいよいよ最後の大詰めとなる。

祠の前にいた巫女が脇へよけ、代わってセリオスと桂珠がその場へと進む。

最後にふたりで声を合わせて祈りをささげ、天狼神からの祝福が得られれば、祠の輝きが増して辺りを照らすという段取りだった。

じつはこれも、近年で増えたパフォーマンス的な色合いが強く、種を明かせば巫女が燭台の位置を操作して、うまく水晶に光を当てて光らせるのだ。

レイから教えられたとおり、祠の前で膝をついた桂珠は、祈りをささげるために顔を上げ、そして息をのんだ。

「……えっ？」

見間違いだろうと何度も瞬きをしてみるが、はっきりと目に映ったその姿が消えることはない。

「セリオス、あれ……」

とっさにつかんだセリオスの袖を引っ張る。

「どうした?」

桂珠が驚いたようにじっと一点を見つめているのに気づき、セリオスもそちらに目をやるが、

「特に変わったことはないようだが」

桂珠のほうに身体を傾げ、耳元で小さくささやく。

巫女も同じように訝しげな顔をしていた。

「見えてないの?　あれ?　オレだけなのかな……」

「見えてないとは、なんのことだ」

「祠の横だよ。ほら、あそこに」

勢いでセリオスの手をぎゅっと握ると、ようやく気づいたのか、セリオスの顔つきが変わった。

「……ああ、確かに。祠の横に、ぼんやりとした光の塊が見えるな」

「光の塊?」

そう言われて、桂珠はますます混乱した。桂珠の目には、祠に背中を寄りかからせて腕を組んでいるフォルの姿がはっきりと見えているのに。

束ねずにほどいている髪は灰色ではなくてプラチナブロンドだが、その姿や顔立ちは、世話係として心を尽くしてくれたフォルに間違いない。

だが、なぜかフォルの全身は淡く輝いて透けていた。

「どうしてフォルがここに……？」

本来ならば、儀式に乱入したうえに、尊い祠に気安く触れた不届き者だと思うはずなのに、不思議と桂珠のなかにはフォルに対する負の感情が湧いてこない。

『可愛い桂珠』

「……っ！」

頭のなかにフォルの声が直接響いてきた。それも聞き覚えのあるものだ。すると……。

「始祖様！」

その声は巫女にも届いたらしく、彼女は慌ててその場に跪《ひざまず》いた。

「月待様、もしや、始祖様がそちらにおられるのですか？」

気持ちが高ぶった様子で訊ねられる。

そこだと指をさすのは憚られた桂珠は、目線を向けて答えた。

「あの、始祖様なのかどうかはわかりませんが、祠の横に、若い男性が腕を組んで立っておられます。でもオレが知っているその方は、フォルと名乗られて、城のなかでオレをいろいろと助けてくださいました」

「ああ、そうです。それは始祖様の愛称です。本来のお名前は、フォルムート・ナハトヴィーゼ。間違いありません、そのお方は始祖様ですわ！」

「天狼神と城で会った？　まさか、本当にそこにおられるのか」

さすがにセリオスも驚いたらしく、目を細めて祠の横を見つめるが、はっきりと姿をつかむことはできないらしい。

「フォルが、始祖様だったなんて……」

思いもよらないことだった。フォルには水や薬の用意までしてもらったのだ。

『桂珠』

「はい」

『もう一度問おう。おまえは当主の伴侶に選ばれて、よかったと思うか？』

その質問に、今度は間違いなく答えることができた。

「はい。よかったと思います」

フォルの目をまっすぐに見ながら答えると、

『よろしい。では、おまえたちに、心からの祝福を与えよう』


フォルは空に向けて手をのばし、月を見上げて、ふっと微笑みを浮かべた。

とたんに光の奔流が空から落ちてきて、桂珠たちのいる小島に降りそそぎ、すべてを飲み込んでいく。

「桂珠っ！」

とっさにセリオスの腕がのびてきて、胸に強く引きよせられる。

眩い光に目がくらむが、同時にものすごい力が身体に流れ込んでくるのを感じた。

身体を満たした力は、一杯になってもまだ高まり続け、肉体という枠を超えていく。

まるで光のなかに溶けだしていくような感覚に、桂珠は堪えきれず、自らの枷《かせ》を解き放った。

やがて降りそそぐ光が静まると、変わって対岸から大きなどよめきがあがるのが遠くに聞こえる。

「おおっ！」

「あれは、まさに！」

貴賓席は感嘆の声に包まれた。

自分の身体に、ぴたりと寄り添うように立っているのは、美しい銀色の狼。

『……セリオス？』

『ちょうどいい。あなたの優美さを皆に見せつけてやれ』

すりっと銀狼に頭をすり寄せられた桂珠は、自分が金茶にほんのりと桜色が加わった狼に変化していることにようやく気づいた。

「確かにあれは『伴侶の証』だ！」

「よくぞ巡り合えた。なんという僥倖」

「我ら一族を守り導く希望の光だ」

興奮して口々に騒いでいる貴賓席のなかには、驚きのあまり固まっているメリルとクインの姿もあった。

伴侶にふさわしいその力を示し、一族にとっての満月のように輝き続けていれば、いまにあなたに嫌なことをする者などいなくなるでしょう。

まさにフォルが桂珠にくれた言葉のとおりだった。

『巫女殿、儀式はこれで終わりでいいか？』

祝福の光に巻き込まれ、その場に座り込んでいた巫女は、セリオスの問いにしっかりと頷いた。

「はい、セリオス様。これでおふたりは、ご夫婦となられました」

『そうか』

セリオスの遠吠えが、森中に響き渡る。

新たな時代の幕開けを宣言して、婚姻の儀式は終わった。

前代未聞の参列者のおかげで派手な演出が加えられた、それは見事な式だった。

『行くぞ』

セリオスに促され、桂珠は小島から湖の畔へ駆け戻る。

森に向かう途中で、大勢の親族が列席する間を通り抜けていると、そのなかに大牙《たいが》の姿を見つけた。

黒い礼服に身を包んだ大牙は、変化した桂珠の狼姿を見つめては、嬉しそうな笑顔で何度も頷いている。

その隣には、どこか見覚えのある銀髪の紳士がいて、同じように笑っていた。

あれはまさか、祖父ではないだろうか。並んだ大牙に面差しがよく似ているし、ふたりは親しげに会話をしているから、きっと間違いない。

手を振る祖父に見送られながら、二頭の狼は儀式の会場を後にした。


ひとしきり森のなかを駆け回って楽しんだあと、変化を解いた桂珠は、いわゆるお姫様抱っこをされて城へ戻った。

今朝まで過ごしていたセリオスの居間とは別の部屋に連れてこられる。

「……ここは？」

「当主の部屋だ」

この城の持ち主だけが暮らすことのできる部屋。

セリオスは桂珠を抱いたまま、早足で居間を横切り、続き間の寝室へと入った。

「うわ…っ、なにこれ」

桂珠は息をのんだ。

寝室の中央にあったのは、見たこともない大きさの天蓋付のベッドだった。

垂れ下がる緋色《ひいろ》の布をかき分け、柔らかな弾力のマットの上に下ろされる。

「これであなたは俺の妻だ」

セリオスもベッドの上に膝から乗り上げ、細めた瞳で桂珠を見下ろす。

「奥さんなんて呼んだら、頰を抓《つね》ってやるからな」

不穏な気配を感じて先に言うと、不思議そうな顔で目を瞬かせる。

余計な心配だっただろうか。

「あっ……ごめん。変なこと言って」

「だめなのか？」

「えっ？」

「妻だから、奥さんだろう？　そう呼んだらだめなのか？」

やはり桂珠の読みは当たっていた。

「あたりまえだろ。確かに立場は妻かもしれないけど、でも……奥さんって、なんだか恥ずかしい響きがするからダメ」

「楽しみにしていたのだがな」

「楽しみにするなっ」

いつの間にか着込んでいた衣装を緩められ、つけていた装飾品は外されてベッドの隅に追いやられている。

肌をさらすにつれて、桂珠は無意識のうちに身構えていた。

学園の寮で初めてセリオスと身体を重ねたあの夜から、かれこれ五か月が過ぎている。その間に何度もこんなふうに抱き合ったというのに、いざ始まるという瞬間は、いつもたまらない羞恥に襲われる。

できればセリオスの身体を押しのけて一目散に逃げ出したい。

でもそれと同じくらいに、セリオスの匂いに包まれて強く抱きしめられたい。

どちらも本音だから始末に負えない。

「セリオス、服、ちゃんと掛けておかないとダメになる」

「気にするな。いま考えるのは、俺のことだけでいい」

セリオスが脱いだ上着も丸めて投げられ、ばさりとベッドの下に落ちる。

「でも大事な衣装なのに」

つい往生際が悪く時間稼ぎをしてしまう、このやっかいな心境に、たぶんセリオスは気づいている。

「悪いな。小言を聞いてやる余裕がない」

そう言うとセリオスは桂珠の素肌を撫でながら、唇を啄んできた。くすぐるように触れ合っていたそれは、次第に深いキスへと変わり、唇を甘くかまれて舌を絡めているうちに桂珠の息が上がる。

いつの間にか桂珠はセリオスの首に腕を回し、その柔らかなプラチナブロンドに指を絡めていた。

セリオスは桂珠の顔を見下ろしながら、にやりと目を細めた。

「いい顔になってきた」

キスの余韻で頬が赤らみ、目も潤んでいるのが自分でもわかっていたが、からかわれたのが悔しくて、桂珠はセリオスを睨みつけた。

「……バカ」

「本当に、俺の奥さんは愛らしいな」

「もう、奥さんって呼ばないでって言ったのに」

「恥じらうからだ。逆効果だと、もう知っているだろうに」

さらさらと胸を撫でていた手が、小さな突起を見つけて弄《もてあそ》びはじめる。

「ん……っ」

キスをする場所は唇から首筋へと変わり、うなじに軽く歯を立てられて、桂珠はくすぐったさに背筋を跳ね上げた。

セリオスの唇がたどった順に赤い痕《あと》が残り、いくつも胸の上に散らばって花びらの様に彩る。

飽きることなくすべすべの肌に舌を這わせ、舐めて味わっているセリオスの頭は徐々に下へと下りて行き、桂珠の足の間へとたどり着いた。

すでに緩く立ち上がっていたものを握られて、桂珠の腰がふるりと震える。

昨夜の記憶がよみがえり、手をのばしてセリオスの頭をそこから押しのけようとしたけれど、それは叶わなかった。

「いや……っ」

太股を抱きかかえたセリオスの口に、ゆっくりと呑み込まれ、桂珠は小さな悲鳴を上げる。根元まで含まれ、熱い舌で舐められると、たちまち快楽の高みへと押し上げられた。

「待って、それ……いや……だってば」

すでに何度もされた行為なのに、いつまでたっても平気で受け入れられない。

直接的な刺激に羞恥が加わり、余計に桂珠は乱されていく。

いつの間にか下肢の奥を探っていた指が、そこを広げるように動きはじめていた。

後ろと前を同時に刺激され、あまりの快感に、桂珠は顔を押しつけたシーツを指でつかみながら身悶《みもだ》える。

「もうっ、やめ……っ」

どのくらいの時間堪えていたのか、ふいに指を引き抜かれ、ほっと息を吐く。

セリオスの腕が、体勢を変えようとしたのがわかって、桂珠はとっさにセリオスの胸にしがみついた。

「このままっ」

「桂珠?」

「オレも、セリオスを抱きしめたい」

だからこのまま正面からしたいとねだると、セリオスは困ったような、それでいてとても幸福そうな笑みを浮かべた。

「だから、愛らしすぎると言っているんだ」

耳元でまた「奥さん」と呼ばれた気がしたが、そんなことはすぐにどうでもよくなった。

セリオスのために柔らかくほどけた場所に、灼《や》けそうに熱いものが押し入ってくる。

狭い場所を開かれる痛みに身体が強張ったが、それもしばらくのことだった。

「平気か？」

痛みはしないかと訊かれ、桂珠は恥ずかしさを堪えながら、大丈夫だと小さく頷く。

身を屈めたセリオスに唇を啄まれ、無意識に応えていると、深々と奥まで埋め込まれたものが、ゆっくりと動き出した。

次第に速く強くなる動きに、つかんだ腰ごと揺さぶられる。

セリオスの背を抱こうと腕をのばすけれど、動きについていけずシーツの上に落ちる。

最奥を強く突かれるたびに快感が身体中を走り抜け、頭の中は真っ白に霞《かす》んでいった。

わかるのは自分の中にある熱さと、それがセリオスであるということだけだ。

「あっ、や…っ……ああ……っ！」

目がくらむような高みへと一気に押し上げられた桂珠は、堪えきれずに快楽の熱を吐き出した。間を置かず、身体の奥深いところにも熱いものが放たれるのを感じる。

つめていた息をゆるゆると吐くと、絶頂の余韻に強張っていた身体も少しずつ弛緩して

いった。

「……桂珠」

何度も何度も名前を呼ぶ声。髪を撫でる手の優しさ。

ようやく目を開けると、間近から見下ろす紫紺の瞳に捕まった。

「桂珠……あなたを愛している」

ささやきながら近づいてくる唇を、受け止めようと顎を上げる。けれども触れ合う前に途中で止まった。

不思議に思って目を上げると、なにかを待っているような表情が見える。

セリオスの想いを敏感に察した桂珠は、にっこりと笑いかけた。

「オレも、愛してるよ。オレの綺麗な銀狼」

そして自分から唇の距離を縮める。

ひとしきり満足するまでキスをすると、セリオスが複雑そうな声で呟いた。

「……銀狼だけなのか？」

ただの照れ隠しだとわかりそうなものなのに、真剣に考え込んでいる。

「仕方ないなあ」

桂珠は大好きな匂いに包まれながら、セリオスの耳元に愛の言葉を呟いた。

あとがき

みなさまこんにちは。こんばんわ。おはようございます。

このたびはガッシュ文庫さんでは三冊目、そして真先《まさき》の通算十冊目となる本を手に取ってくださってありがとうございます。

十冊目に狼とプリンスと婚姻ものが書けてたいへん幸せでした。

狼と人形と、ふたつの姿を描いてくださいましたサマミヤアカザさま。神秘的な月夜ともふもふの尻尾で作品を彩ってくださってありがとうございました。せっかくなら子狼も見たかったたな、獣人だから産んでも許してもらえたかなと激しく妄想が広がりました。

そして遅々として仕上がらない原稿を根気よく待って、完成まで導いてくださった担当様、編集部の皆様。この本に携わってくださいましたすべての方々に、心からお礼をもうしあげます。

最後まで読んでくださってありがとうございました。

ぜひまた、次の話でもお会いできることを願っています。

真先ゆみ

すてきな
ケモミミをたくさん
堪能させていただきました♥
ありがとうございました…!!
2人(匹)とも
モフモフしたいです!

KAIOHSHA　ガッシュ文庫

銀狼王子の許嫁～あなたに恋する満月の夜～
（書き下ろし）
銀狼王子の許嫁～あなたと誓う満月の夜～
（書き下ろし）

真先ゆみ先生・サマミヤアカザ先生へのご感想・ファンレターは
〒102-8405 東京都千代田区一番町29-6
（株）海王社 ガッシュ文庫編集部気付でお送り下さい。

銀《ぎん》狼《ろう》王《おう》子《じ》の許嫁《いいなずけ》～あなたに恋《こい》する満月《まんげつ》の夜《よる》～
2012年8月10日初版第一刷発行

著　者　真先ゆみ［まさき ゆみ］
発行人　角谷　治
発行所　株式会社 海王社
〒102-8405　東京都千代田区一番町29-6
TEL.03(3222)5119(編集部)
TEL.03(3222)3744(出版営業部)
www.kaiohsha.com
印　刷　図書印刷株式会社

ISBN978-4-7964-0333-7